Ulrich Holbein

Drehwurm

[yedermann

Originalausgabe

1. Auflage 2002

Georg-Kerschensteiner-Str. 8
85521 Riemerling bei München
Tel. 089-60 19 02 93
Fax 089-60 19 02 94
antwort@yedermann.de

Umschlagfoto: Ludwig Karner
Herstellung: Fuldaer Verlagsagentur
Printed in Germany

ISBN 3-935269-18-8

Was ist für Sie das größte Unglück?

Von 1981 bis 1999 wurden wöchentlich im Rahmen des beliebten FAZ-Magazin-Fragebogens, den der Schriftsteller Marcel Proust in seinem Leben gleich zweimal ausfüllte, prominenten Zeitgenossen heitere und heikle Fragen gestellt, als Herausforderung an Geist und Witz.

Was ist für Sie das größte Unglück? Festgelegt zu werden.

Wo möchten Sie leben? In Brackwede. Nein, in Famagusta!

Was ist für Sie das vollkommene irdische Glück? Nicht festgelegt zu werden. Und hierbei im verschneiten Brackwede einen Film über Famagusta sehn.

Welche Fehler entschuldigen Sie am ehesten? Jeden ... außer den, daß mich jemand festlegen will. Zum Beispiel Sie mich!

Ihre liebsten Romanhelden? Obwohl ich mich nicht festlegen will: Fürst Myschkin, Hamlet, Adrian Leverkühn, Gustav Anias Horn.

Ihre Lieblingsgestalt in der Geschichte? Welche ist denn noch frei? Gandhi, Gorbi ... alle schon vergeben.

Ihre Lieblingsheldinnen in der Wirklichkeit? Müßt ich mal kurz nachdenken ...

Ihre Lieblingsheldinnen in der Dichtung? Warum so eilig? Ich bin noch bei der vorigen Frage.

Ihre Lieblingsmaler? Na gut, wenn's sein muß: Mutter Teresa, Florence Nightingale und –

Ihr Lieblingskomponist? Fast alle – außer van Gogh, Rembrandt, Mona Lisa, Picasso u.v.m.

Welche Eigenschaften schätzen Sie bei einem Mann am meisten? Wenn ich Bruckner höre: Sitar. Wenn ich opus 135 höre: Waldesrauschen. Mir scheint ... ich komm kaum nach ...

Welche Eigenschaften schätzen Sie bei einer Frau am meisten? Seine weiblichen Züge. Doch zurück zu meinen Lieblingsmalern: Neben Albrecht Dürer –

Ihre Lieblingstugend? Lieblingstiere freilassen. Lieblingsfarben abschattieren. Lieblingsheldinnen durchjubeln.

Ihre Lieblingsbeschäftigung? Drehwürmer anhalten. Abläufe irritieren. Verhärtetes aufweichen.

Wer oder was hätten Sie sein mögen? Müßt ich mal kurz nachdenken . . .

Ihr Hauptcharakterzug? Und das soll Marcel Proust in seinem Leben gleich zweimal ausgefüllt haben?

Was schätzen Sie bei Ihren Freunden am meisten? Daß sie mir zuhören, wenn ich ihre Fragen beantworte. Sie hingegen –

Ihr größter Fehler? Daß Sie mich laufend unterbrechen – kriegen Sie das eigentlich mit?

Ihr Traum vom Glück? Am Strand von Famagusta an den Weihnachtsbaum von Brackwede denken.

Was wäre für Sie das größte Unglück? Wozu immer gleich das größte? Lesen Sie mal meine Glosse über die unreflektiertesten Superlative der Welt!

Was möchten Sie sein? Ihr Stolperstein.

Ihre Lieblingsfarbe? Nein, Ihr Stolperstein!

Ihre Lieblingsblume? Nein, wie gesagt: Ihr Stolperstein.

Ihr Lieblingsvogel? Ich verbitte mir diese ständigen Anspielungen auf meine Lieblingsvögel.

Ihr Lieblingsschriftsteller? Blau, Rose, Aasgeier! Dürer, Goethe, Hitler! Picasso, Gorbi – und nie wieder Marcel Proust!

Ihr Lieblingslyriker? Lohengrin: „Nie sollst du mich befragen!“

Ihre Helden in der Wirklichkeit? Ich kann Ihnen einen guten Therapeuten empfehlen.

Ihre Heldinnen in der Geschichte? Aufhören! Sonst steck ich mir Ohropax rein!

Ihre Lieblingsnamen? Wie oft denn noch: Brackwede und Famagusta!

Was verabscheuen Sie am meisten? Erdbeben in Brackwede. Hochwasser in Famagusta. Einwortsätze. Atomistisches Denken. Automatismen. Unbeeinflußbarkeit.

Welche geschichtlichen Gestalten verachten Sie am meisten? Hitler-Saddam, Hitler-Saddam, Hitler-Saddam – falls die Frage heut nicht heißen müßte: „Bei welchen Mitläufern laufen Sie am meisten mit?"

Welche militärischen Leistungen bewundern Sie am meisten? Die Drüse des Stinktiers.

Welche Reform bewundern Sie am meisten? Bewundern, nein danke. Lieber Deformation als Reformation!

Welche natürliche Gabe möchten Sie besitzen? Roboter zum Lächeln bringen.

Wie möchten Sie sterben? Mit vorbereitetem Bonmot auf den Lippen, und roboterartigem Lächeln.

Ihre gegenwärtige Geistesverfassung? Endlich hab ich eine Minute lang nicht an Leila gedacht.

Ihr Motto? Schreitvogel. Marabu.

Was ist für Sie das größte Unglück? Schon wieder?

Wo möchten Sie leben? Vielleicht trotzdem noch auf Famagusta . . . statt in Brackwede.

Was ist für Sie das vollkommene irdische Glück? Das Pendeln zwischen Brackwede und Famagusta.

Welche Fehler entschuldigen Sie am ehesten? Meine Tendenz, dauernd dasselbe gefragt zu werden.

Ihre liebsten Romanhelden? In meinem letzten Roman kam eine . . . Rosi vor.

Ihre Lieblingsgestalt in der Geschichte? Rosi hatte eine sehr gute Figur . . . *usw.*

Wie oft lötest du so?

JOJO: Es gibt Bleilot, aber in der Regel wird mit Zinn gelötet. Blei ist giftig. Bleilot nimmt man, wenn man z.B. – früher wurden Kabelmuffen d.h. Hunderte von Telefondrähten wurden zusammen –

ULI: Kabelmuffen?

JOJO: – verknüpft und verlötet, da wurde ein Zelt drübergebaut, da saßen dann alle drin und löteten, und drumrum kam eine Bleischatulle, die wurde zugelötet. Kam ins Erdreich rein, schön wasserdicht, eingepackt in so 'ne Art . . . wie Knetmasse, gegen Feuchtigkeit isoliert, und drumrum eine Bleimuffe, das hat mein Vater jahrelang gemacht, als Telegrafenarbeiter, also mein Vater hat viel mehr in seinem Leben gelötet als ich.

ULI: Wann hast du so zum letzten Mal gelötet?

JOJO: Vorgestern.

ULI: Und wie oft lötest du so?

JOJO: Je nachdem, wenn etwas zu verlöten ist.

ULI: Nur, wie oft ist das so etwa?

JOJO: Jeden Monat so ein, zwei mal, da hab ich meinen Löttag.

ULI: Ehrlich? In der Woche zweimal? Einmal löten, immer löten . . .

JOJO: Ich hab immer einen Karton mit Strippen, wo 'n Stecker ab ist, wo dieses kaputt ist, wo jenes kaputt ist, oder elektronische Bauteile, wie diese hier z.B., oder Kopfhörer, wo der Draht gebrochen ist, und da löt ich mal so fünf, sechs Sachen, weil ich mir dann den Lötkolben holen muß, muß abwickeln, muß mein

Zeuch hinterher auch wieder wegräumen; denn ich kann's ja nicht auf dem Werktisch stehnlassen. Früher hatt ich's direkt auf'm Werktisch, also als ich noch keinen PC hatte, da hab ich viel mehr gelötet, da braucht ich nur den Schalter drücken und schon konnt ich löten.

ULI: Aber mal ganz unter uns, im Vertrauen, was ich schon immer mal fragen wollte: Was ist eigentlich eine . . . Bleimuffe?

JOJO: Aus ganz dünnem Bleiblech –

ULI: Bleiblech???

JOJO: Es gibt Messingblech, es gibt Zinkblech, aus dem Dachrinnen gemacht werden, es gibt Stahlblech, aus dem Kochtöpfe und Stahlhelme gemacht werden.

ULI: Mal so rum, mal so rum?

JOJO: Nach dem Krieg wurden aus Stahlhelmen Kochtöpfe – Vorsicht, du kippst gleich! Oder sieht das nur so aus?

ULI: Wer ist eigentlich der Vater des Lötens?

JOJO: Der Herr Lötkolben.

ULI: Nicht der biblische Lot? Der Kolben des Lot in Sodom und so!

JOJO: Das ist ein viereckiger Kupferklotz, der erwärmt wird und der dann die Temperatur annimmt, um das Lötzinn zu erwärmen und zu verflüssigen. Kolben, weil es wie ein Kolben, wie ein Hammer ist das Ding, halt aus Kupfer, weil Kupfer die Wärme besonders gut leitet, bis nah an die Rottemperatur, also daß er schwach dunkelrot leuchtet, und dann kannst du damit 'ne ganze Zeit löten.

ULI: Hat wohl Bunsen erfunden?

JOJO: Das nicht, aber mit Bunsenbrenner kann man einen Lötkolben erwärmen.

ULI: In 23 Minuten fängt die Sendung an – schaffst du's bis dahin?

JOJO: Ich will nur noch hier den Lötkolben saubermachen. Der oxydiert sonst.

ULI: Der dreckt sich ein, dein Lötkolben?

JOJO: Das Lötzinn bildet eine Haut, und die Haut verhindert, daß man überhaupt löten kann. Also lötet man unter Zuhilfenahme von Flußmittel, also in meinem Fall mit Kolophonium, das ist hier drin, in diesem Hohldraht, der ist gefüllt –

ULI: Hohldraht . . .

JOJO: – mit Kolophonium, und das verhindert die Oxydation, siehste hier? Den mach ich hier blank . . . so, jetzt isser metallisch sauber. Jetzt kann ich mit Lötzinn drangehn . . .

ULI: Und wenn ich mit dem Finger da dran – ?

JOJO: Das kannste machen, aber dann schreist du: „Au!"

ULI: Was wickelt sich denn da für ein Drehwurm drumrum?

JOJO: Das ist kein Drehwurm, das ist nur eine ganz simple Halterung, da könnt man auch'n ganzen starren Klotz oder irgendwas haben, Hauptsache, es steht sicher und man kann sich nicht verbrennen. Das ist der Sinn und Zweck dabei. So, jetzt wird das Lötzinn flüssig, hier, halt mal!

ULI: Was sind das für Wurmgänge hier drauf?

JOJO *(lötend)*: Das sind Kondensatoren, Widerstände, Dioden. Nicht so wackeln, sonst löt ich daneben.

ULI: Sonst hast du auch keinen, der dir das hält. Wenn du allein daheim sitzt als Löter und einsam vor dich hinlöstest.

JOJO: Festhalten, Junge! Jetzt faß doch mal an, ich hab nur zwei Hände! Sonst mußt du alles allein löten!

ULI: Was läuft denn da durch, durch die Wurmgänge?

JOJO *(lötend)*: Stromkreise laufen da durch.

ULI: Fragt sich nur: Wie definierst du das Löten?

JOJO *(lötend)*: Da gibt's nichts zu defi- guck's dir an, da siehstes. Man bringt ein Lot, das nennt man das Lot, das hat einen bestimmten Schmelzpunkt, der niedriger ist als das Material, das ich verlöten will; das wird erhitzt auf die Löttemperatur, die beim Zinn etwa bei 200 bis 300 Grad liegt, je nachdem wieviel Antimon drin ist, dann erstarrt es und bildet eine feste Verbindung. Der Unterschied zwischen Schweißen und Löten, ist dir der bekannt?

ULI: Schweißen kommt ohne ein ö aus.

JOJO: Beim Schweißen, da werden gleichartige Metalle miteinander ver-

ULI: lötet.

JOJO: Nee, so hat das keinen Zweck! Uli, du bist ein Hampelmann! Stahl wird übrigens mit einer Stahlelektrode ver-

ULI: lötet.

JOJO: – Gußeisen mit einer gußeisernen Elektrode, unter Zuhilfenahme von Flußmitteln, da wird das auf die Schmelztemperatur von 1225 Grad gebracht, und da verschmilzt das miteinander, im Lichtbogen, oder auch in einer sehr heißen Flamme. Und beim Löten, da werden zwei Kupferbleche – siehste, jetzt hab ich das zusammengelötet, und der Kondensator ist dazwischengelötet. Dieses hier, das sind Schalter, damit werden die einzelnen Schwingkreise betätigt: Mittelwelle, Kurzwelle, Langwelle, UKW, wenn das Radio fertig ist.

ULI: Wir löten uns also meinem Haarschwund entgegen . . .

JOJO: Ich komm hier nicht weiter, wenn du nur quasselst

und nicht hältst. Richtig fest und kräftig zufassen, nicht nur mit zwei Fingern. Ich murkse hier nur rum. Es wackelt unaufhörlich.

ULI: Ich bin halt kein Schraubstock.

JOJO *(lötend)*: Ja, leider.

ULI: Ist der Lötkolben auch mal kaputt, so daß du löten möchtest, aber kannst nicht löten, weil der Lötkolben nicht lötet?

JOJO: Bis jetzt ist es nicht passiert, und wenn, dann würd ich ja den Fehler finden und dann weiterlöten. Außerdem hab ich mindestens vier verschiedene Lötkolben.

ULI: Normalerweise genügt ja pro Mann ein Lötkolben.

JOJO: Wenn du feine Sachen machen willst . . .

ULI: Will ich ständig.

JOJO: . . . dann brauchste einen mit einer 2-mm-Spitze. Wenn du aber viel Wärme übertragen willst, brauchst du einen großen. Du mußt das Kupfer erst mal auf die Löttemperatur bringen, sonst würd es das Zinn nicht annehmen.

ULI: Also einen Korb gibt das Kupfer dem Zinn . . .

JOJO: Das muß genauso heiß sein wie das Zinn, nur dann verbindet es sich.

ULI: Ach so, aber wieso brauchst du, wenn du die zu lötenden Teile auf die richtige Temperatur bringst, wieso brauchst du dazu vier Löter?

JOJO: Einen!

ULI: Jeweils einen?

JOJO: In der entsprechenden Größe!

ULI: Unter Zuhilfenahme von Flußmitteln.

JOJO: Früher hatte man Lötfett. Wenn man Zink löten will, braucht man Salzsäure, in die Zink aufgelö – klingelt da nicht das Telefon?

ULI: Nö. – In die Zink aufgelötet . . ?

JOJO: Aufgelöst, du Blödelmensch! Wenn du Zink in Salzsäure legst –

ULI: Mach ich nie.

JOJO: Zinkstreifen, also ’n Stückchen von ’ner alten Dachrinne, dann zerfrißt diese Salzsäure das Lötzinn . . . äh . . . das Zink sofort, da bildet sich Wasserstoff, also wenn du das anzündest, da gibt’s ’ne Knallgasreaktion, bis das verbraucht ist, und dieses Wasser, das nimmt man mit dem Pinsel und tut’s auf die Lötstelle, auf ein Zinkblech meinetwegen, das ist dann nicht mehr aggressiv, aber es löst die Oxydschicht, die sich bilden würde, auf und macht das Zink blank, und dann kannst du mit Zinn Zink löten.

ULI: Mit Zinn Zink?

JOJO: Jawoll.

ULI: Beim Lösen und Löten?

JOJO: Beim Löten.

ULI: Wer lötet eigentlich? Lötet der lötende Kolben oder lötest du als lötender – was lötest du da eigentlich jetzt?

JOJO: Ich dreh grade hier den Draht ab, daß ich sehe, welche Stelle ich erwärmen muß. Früher, da hat man bei jedem Bauteil, das man reingemacht hat, bevor man es gelötet hat, hat man etwas umgebogen, damit es nicht wieder aus dem Loch rauskam. Und deshalb lassen sich solche alten Baugruppen sehr schwer entlöten. Heut geht das viel einfacher, da werden alle durch Maschinen bestückt, und laufen dann durch ein Lötbad, während dieses hier noch von Hand gelötet ist.

ULI: Also durch eine Suppe aus Lötzinn? Das hast du mir bisher verschwiegen.

JOJO: Deshalb sag ich's dir ja jetzt. Weil wir zufällig drauf kommen. Heute werden Platinen nur noch in Lötbädern und Lötautomaten gelötet.

ULI: Eine Welt für sich, die Welt des Lötens . . . ein wahrlich unauslotbares Thema . . . Wenn du sagst, du lötest zweimal die Woche, streng nach Luther, mit deinem Kolben . . . wie oft – wenn du nicht grad lötest – bunsenst du?

JOJO: Ich brauch keinen Bunsenbrenner, da ich mit elektronisch geregeltem Lötkolben arbeite. Der immer die konstante Temperatur einhält, die ich zum Löten optimal brauche. Damit verbrennt der Lötkolben nicht –

ULI: Der kann richtig verbrennen?

JOJO: Ja, sicher! Kupfer verbrennt – da schmilzt dir der Lötkolben weg!

ULI: Der lötet sich auf, in Luft, der frißt sich selbst, der zerlötet sich?

JOJO: Wenn ich einen elektrischen Lötkolben hinstelle, der nicht geregelt ist, und benutze ihn nicht, d.h. die Wärme, die ständig gebildet wird, da ist ja 'n Widerstand drin, der glüht, und wenn ich die Wärme nicht abführe an das Lötzinn und die zu verlötenden Teile, dann überhitzt er sich und erreicht die Schmelztemperatur des Kupfers . . .

ULI: Und das passiert beim Löten dir und deinem Lötkolben öfters mal?

JOJO: Mir eigentlich noch nicht, weil ich immer aufpasse, höchstens früher, als ich mal den Lötkolben in ein Schmiedefeuer legte . . .

ULI: Mangels Bunsenbrenner.

JOJO: . . . hatte ich nicht aufgepaßt und hatte dann nur noch den eisernen Stiel in der Hand.

ULI: Darauf wollen wir doch mal kurz einen verlöten. Prost.

JOJO (*mit Schnäpschen*): Prost. Auf das Löten!

ULI (*anstoßend*): Da haben wir was zum Löschen, falls beim Löten ein Feuer entsteht.

JOJO: In der Regel normalerweise nicht. Aber wenn du Zinkblech lötest und legst den Lötkolben drauf, weil's Telefon klingelt, und der brennt weiter, denn irgendwo muß die Hitze ja hin, wenn sie nicht abgeführt wird, da wird der Lötkolben glühend, das Zinkblech wird glühend, schmilzt, und wo liegt das Zinkblech drauf? Auf'm Holz oder wo? Fängt das Holz an zu brennen!

ULI: Und beim Resopaltisch?

JOJO: Wenn du hier 'n Lötkolben eine Sekunde drauflegst, hast du'n Loch reingebrannt. Das hält nämlich nur 'ne Temperatur von etwa 80 Grad aus. Du krachst da noch runter, wenn du dich da so gegenlehnst. Ach, das geht nicht, ohne daß ich's einspanne.

ULI: Soll ich's noch mal halten?

JOJO: Das nützt nichts; du hältst es ja nicht. Oder willst du mal löten? Komm, löt du mal!

ULI (*loslötend*): Mal sehn, was dabei rauskommt. Das weich ich einfach auf.

JOJO: Das wird nicht aufgeweicht, sondern verflüssigt. Nicht so zappeln, sonst kannste keine Wärme übertragen.

ULI (*weiterlötend*): Lieber löten als zappeln.

JOJO: Siehste, das sind Transistoren hier. Die müssen wir eigentlich auch noch verlöten. Guck, jetzt haste einen Drehwurm gelötet. Den kannste als Nasenring benutzen.

ULI (*lötend*): Meine Sendung beginnt gleich. Wenn das bis dahin nicht läuft, verpassen wir meinen Haarschwund. – Na, kann ich gut löten?

JOJO: Dafür, daß du noch nie gelötet hast, lötest du sehr gut. Jetzt erwärme mal hier, diesen Punkt.

ULI: Welchen?

JOJO: Den hier, den dicken.

ULI: Den Dicken anlöten oder weglöten?

JOJO: Jetzt daneben die Punkte erwärmen.

ULI (*lötend*): Erhitzen oder erwärmen?

JOJO: Neee, hier unten die! Jetzt den Punkt. Mußt dichter rangehn.

ULI (*lötend*): Als Dichter noch dichter ran . . . ans Lötobjekt, an die Lötlandschaft.

JOJO: Siehste, das ist das Bauteil, das verstärkt, d.h. ich lege hier eine Spannung dran, und da tut sich gar nichts. Erst wenn ich zusätzlich hier eine Spannung dranlege, fließt hier ein größrer Strom, und damit kann ich den Apparat steuern. So, dein Radio ist fertig.

ULI: O, da kommt ja richtige Musik raus! Da flötet einer, statt zu löten. Mit seinem Flötkolben.

JOJO: Jetzt hat sich's ausgelötet. Jetzt pack ich alles weg. Hier mit diesem Salmiakstein mach ich den Lötkolben sauber . . .

ULI: Also du lötest nur zweimal die Woche . . . aber dein Vater hat täglich gelötet?

JOJO: Wenn er an dieser Tätigkeit war, dann hat er wahrscheinlich stundenlang gelötet.

ULI: Hatte er da besondere Methoden irgendwie?

JOJO: Er hatte einen großen Lötkolben. Um die kleinen Drähtchen zu verlöten.

ULI: Und da kam ein ganz kleiner Nachwuchslöter aus diesem ganz großen Lötkolben!

JOJO: Und dieser Lötkolben, der wurde nicht elektrisch geheizt, denn im Freien und unterwegs, auf irgend'ner

Baustelle, da hatte man ja keinen Strom. Sondern der wurde mit Benzin angetrieben.

ULI: Unter Zuhilfenahme eines Bunsenbrenners.

JOJO: Mit einem Benzinbrenner. Das war so ein Messinggefäß, das hatte eine Druckpumpe, da gab man Druck drauf, und dieser feine Benzinhebel, der stieg vorn raus, wurde entzündet und heizte den darüber befindlichen Kolben. Den konnte man genau einstellen . . .

ULI: Einen Lötkolben oder irgendeinen Kolben?

JOJO: Den Lötkolben natürlich.

ULI: Du hast also nur der Kürze halber zum Lötkolben Kolben gesagt? Seh ich das richtig?

JOJO: Ja, sicher. Man braucht sich ja nicht immer zu wiederholen.

RADIO: Sie hörten das Trio für Flöte, Violoncello und Klavier von Carl Maria von Weber. Es spielte unter der Leitung von . . .

ULI: Ou, gleich fängt's an! Kann man also sagen: Das Löten ist so alt wie die Menschheit?

JOJO: Weiß ich nich, hab ich mich nicht mit beschäftigt. Hab mich mit Löten beschäftigt.

RADIO: . . . unserem Studio für Literatur hören Sie jetzt einen Prosatext von Ulrich Holbein: „Loblied auf den Haarschwund". Es liest der Autor.

Loblied auf den Haarschwund

Grase nicht die Natur wahnhaft nach Ackerschachtelhalm ab, Engelwurz, Eisenhut, Ingwer, Safran, roter Salbeiwurzel und Drehwurz. Experimentiere nicht ständig mit Ginseng, Birkensaft, Katzenkot, Kuhspeichel, Igelblut, Hechtschmalz, Eselshuf, Dattelpudding, Enzymol, Multikonzentraten. Schaufel nicht gehetzten Gesichtsausdrucks Reformhaus-Biotin, Vitamin-A-Bohnen in dich rein, plus Leber, zwecks Vitamin-B2-Versorgung, plus sojaöliges Vitamin E, plus obstförmiges Vitamin C, zinkhaltige Muscheln und Jod in Fischgestalt, nur weil du gehört hast, daß Haare, um nachzuwachsen, sechs lebenswichtige Vitamine und Mineralstoffe bräuchten. Frag dich nicht dauernd: „Ist noch alles drauf?“ Laß dich nicht runterputzen von hinterhältigem Lob: „Ein schönes Gesicht braucht seinen Platz.“ Weiche jedem aus, der dir sagt, du könntest dich mit dem Staubsauger kämmen. Hör auf keinen, der dir sagt, bei dir käme die Kniescheibe durch den Kopf. Foltere nicht länger dich selbst, indem du behauptest, deine Stirn reiche bis zum Hintern. Nenn dich nicht ständig Billardkugel, Landeplatz oder Beatle mit Schiebedach. Töte die Fliege, die zu ihrer Enkelin, mit der sie auf dir spazierenging, seufzend sagte: „Ja, so ändern sich die Zeiten. Als meine Urururoma noch so klein war wie du, gab es hier nur einen ganz engen Scheitel.“

Warum setzt du ein unnötiges Mützchen auf? Was lenkst du mit Schnurrbart und inneren Werten von dir ab? Sprich nicht ausweichend von Geheimratsecken, *Alopecia androgenetica* oder vom kahlen schuldigen Scheitel.

Stehe zu deinem Charakterkopf. Trete selbstbewußt auf als Pilotkopf hinterherhinkender Evolution, die sowieso in hunderttausend Jahren alle, auch Frauen, absolut haarlos rumlaufen lassen wird.

Flieh also keinesfalls, wenn man dich mit den Worten Haarfülle, Dauerwelle und Struwwelpeter peinigt, zur Perücke, die man ebenfalls nicht ungeschoren lassen wird, mit Ausdrücken wie Fifi, Vogelnest, Tarnkappe, falsche Behauptung und Giebelschmuck. Spare nicht den Friseur, um den Posticheur aufzusuchen. Mäßige deinen Alptraum vom verrutschen Toupet auf erweiterter Stirn. Bleib cool, wenn Wuschelköpfe deine Frisur Platte nennen. Fühl dich nie mehr angesprochen, wenn du in öffentlicher Anstalt den Anti-Skinhead-Spruch siehst: „Haut die Nazifratzen, bis sie platzen!" Drück dich nicht mit Ausweichvokabeln wie Resthaar, Haarkranz, Kahlhaupt um das einzig voll ins Schwarze treffende Wort herum! Peile dein erregendstes Tabuwort an! Zucke nicht zusammen, wenn von Glattzüngigkeit oder Glotzophon die Rede ist; laß dich nicht aufs Glatteis führen von Glanznummer, Glaskugel und Glühhitze. Steh zu deiner . . . wie soll ich sagen: jawohl! Steh zu deiner – nun ja – Ge, ell, a, te, zett, e! Pflege deine . . . Glatze!

Hörst du? Glatze!

Präg dir ein: „Glatze is beautiful!"

Nimm das Wort Glatze beherzt in den Mund. Nenne deine Glatze Glatze! Laß keine Stunde verstreichen, ohne dreimal deine Glatze Glatze zu nennen. Sprich mir nach: „Gla-tze . . ." Lauter! Ich hör nichts! Such dir jemanden, der sich ebenfalls am wohlartikulierten Wort Glatze berauschen kann. Suche mich, der auch ich dieses unersetzliche Wort bei jeder Gelegenheit in den Fahrtwind brülle:

G l a t z e !!!

Der es durch sein Sprechorgan gleiten läßt . . . zärtlich . . .

Glatze . . .

zweimal hintereinander – nicht zu oft!

Vertrau mir, Glatze. Komme mir entgegen, du, als kugelrundes Objekt, mir, dem euphorisierten Subjekt! Gib deine hochsensible Kopfhaut in meine höchst sensible Hand. Glänze auf im Schatten eines Regenschirms, den ich zum Schutz über dich halte, geliebte Glatze! (Falls es soeben überhaupt regnet.) Denk an das Weltall, das ich im Glanzlicht deines Mongolenschädels einfangen möchte!

Warum zuckst du zusammen, Glatze?

Hast du einen Tropfen abgekriegt, weil ich kurz anderswo den Regenschirm hinhielt als über dich?

Hundertmal möcht ich die Kurve deiner Wölbung nachzeichnen, mal mit und vor allem ohne Glacéhandschuh! Glatze fotografieren! Mal mit, mal ohne Restgesicht. Glatze filmen, abmalen in allen Stadien ihrer Entstehung, in allen Lebenslagen, im Glissando-Zoom auf ihre Reflexe von schräg oben, von hinten, Glocken läuten über dir!

Dir darf ich es beichten, Glatze: Ich beneide alle Glatzentreter bzw. alle fußballernden Glatzen, die viel glorioser köpfen können als ich. Mein Lieblingsarchetyp: Nicht die Berührung zwischen Adams Finger und Gottesfinger, nein: die Planetenkonstellation zwischen Glatze und Globus. Laß alle Chemo-Therapie-Glatzen und Kojakglatzen hinter dir, trage Buddhaglatze!

Ach, ich schäme mich meiner Nichtglatze. Meine animalisch wuchernde Kopfbehaarung macht mir zu schaffen. Glatzen sind wenigstens ehrlich. Unbeflaumter kann kein Kaktus sein als eine Glatze. Nackter kann keine Wahrheit sein als eine Glatze. Meine Mähne verschleiert bloß das Faktum, daß ich unter ihr – zusammen mit 79 Millionen Bundesbürgern – eine Glatze verberge. Ohne daß ich auf solchen Äußerlichkeiten permanent herumreiten möchte.

So oder so: Noch in der verbeultesten, mickrigsten, halbherzigsten Teilglatze, Stirnglatze, Quasiglatze, noch in der mit ausgehenden Büscheln vollgepflanzten, neu austreibenden Vollglatze, von der Weltkugel bis hinunter zum Frühstücksei, verehre ich die ewige Glatze, die Idee der Glatze an sich, die Menschheitsglatze, den aufgehenden Mond über schwarzen Hochhäusern, zwischen Afro-Look und Zottelbart! Jedes Waldsterben vergrößert deinen Haarausfall; jeder Frühling geht vorbei am Glatzentum erodierter Landschaft – Weltgleichnis Glatze, global umloht von Lebensvakuum, untergraben vom Weltgleichnis Schwundkopf, eingespannt zwischen die abgeplatteten Pole Wüste und Fata Morgana. Du poliertes Absolutum in der Flucht gefärbter Erscheinungen! Du fleischfarbener Handschmeichler im Geröll des Drumherums, glandiform dich hervorwölbend aus dem Köpfesalat einer Fußgängerzone von Darmstadt – nicht Glasgow! –; rosig rundgedrechselte Silhouette, majestätisch dich abzeichnend vor vorwärtsgepeitschten Wolken in offener Landschaft, irgendwo zwischen Brackwede und Famagusta. Kostbares Behältnis kostbarer Großhirnrinde, umrundet vom Zirkelschlag! Zarter als Babypo, selber ein Gesäß, im paradiesischen Urzustand der Ungespaltenheit. Du schöne Synthese zwischen hosenlosem Arsch und unbewölktem Himmelsgewölbe! Reines Sein! Du schwebst ab heut auf den Teppichen, die ich dir hiermit ausgerollt habe, die dich hinaufführen zum glatzenförmigen Denkmal deiner selbst. Glatzen des 21. Jahrhunderts werden beim Stichwort Kürbis oder Kugelfisch an dich denken, intensiv speziell an dich, Glatze! Selbst Glatzen, die noch Haare haben, werden ab sofort überall nur noch Glatzen sehen und sich überlegen, welche von allen Glatzen du bist.

Taucht ein, ihr Glatzen und Nichtglatzen dieser Welt, in den kahlgeschorenen Brennpunkt meiner Glatzenverehrung! Das Licht, liebe Glatze, das ich über deiner Glatze ausgieße, leuchte auch euch!

Wer oder was hätten Sie sein mögen?

In besonders hochindividuierten Individuen wird immer wieder der Wunsch laut, über die eigene Individualität hinauszuschauen. Weshalb ein Marburger Gesprächsabend, moderiert von Frau Beutel-Knaak, vor längerem den Titel trug: „Von der Sehnsucht, ein anderer zu sein". Auf der Einladung prangte das Georg-Büchner-Motto: „O wer einmal jemand Anders sein könnte! Nur 'ne Minute lang!"

In diesem Sinne hatte Jorge Luis Borges kurz vor seinem Tod in einem ZEIT-Gespräch betont, daß er ein anderer sein wolle und daß ihm das nie gelungen sei. Woraufhin ganz ungläubig Fritz J. Raddatz zurückgefragt hatte: „Wer – ‚ein anderer'?"

Der argentinische Dichter hatte damals erwidert: „Jemand, den ich nicht kenne. Ich kenne mich zu gut."

Dieses persönliche Bekenntnis wurde von dem mexikanischen Diplomaten und Nobelpreisträger Octavio Paz zum Programm umformuliert, objektiviert und erhoben, so als käme, wenn es dem einzelnen tatsächlich gelänge, ein anderer zu sein, eine Lösung von Weltproblemen in Sicht:

„Alles zielt auf den Menschen ab. Doch worauf zielt der Mensch ab? Er weiß es nicht genau. Er will ein anderer sein, sein Sein treibt ihn stets dazu, über sich selbst hinauszugehen."

Irgendwo im Elysium wird es weiterhin um die weltweite Verbreitung jener Sehnsucht gehen. Hans Henny Jahnn wird auf ewig Octavio Paz widersprechen:

„Wir können nicht wünschen, ein anderer zu sein. Wir können es immer nur sagen."

Octavio Paz aber wird weiterhin behaupten:

„Der Mensch verwirklicht oder vollendet sich, wenn er ein anderer wird. Indem er ein anderer wird, gelangt er wieder zu sich selbst, erlangt sein ursprüngliches Sein wieder –“

Hans Henny Jahnn wird insistieren:

„Es ist uns verwehrt, ein anderer zu sein als wir sind.“

Luise Rinser wird betonen:

„Ich will nichts anderes sein, als ich bin: ein Mensch. Ein Mensch wie alle, also mit Schwächen. Warum sollte ich so tun, als sei ich besser, stärker, edler, größer? Ich bin, wie ich bin. Ich ertrage mich selber mit Geduld.“

Und Octavio Paz wird ruminieren:

„Die Eigenart des Menschen besteht nicht so sehr darin, daß er ein mit Worten begabtes Wesen ist, als in dieser seiner Möglichkeit, ein ‚anderer' zu sein. Und weil er ein anderer sein kann, ist er ein mit Worten begabtes Wesen.“

Zum Glück kann man sich diesem Themenfeld auch anders nähern. Bevor das FAZ-Magazin starb, und mit ihm der beliebte FAZ-Magazin-Fragebogen, der seit 1981 prominenten Zeitgenossen heitere und heikle Fragen stellte, als Herausforderung an Geist und Witz, und den der Schriftsteller Marcel Proust in seinem Leben gleich zweimal ausfüllte, stieg ich ins dortige Archiv und untersuchte reihenweise Antworten auf alle möglichen Fragebogenfragen, wobei Fragen nach Lieblingsfarben und Lieblingsheldinnen natürlich nicht ganz so tief im Mark des Seins bohrten wie die Frage: „Wer oder was hätten Sie sein mögen?“ Doch siehe, statt in sich zu gehen, statt tief hineinzulauschen in die Zufälligkeit bzw. in die verdächtige Notwendigkeit der jeweils eigenen Existenz, hagelte es alldort die austauschbarsten Antworten. Viele prominente Zeitgenossen teilten die Sehnsucht Georg Büchners und Jorge Luis Borges' absolut nicht. Sie wurden keineswegs von ihrem Sein stets dazu getrieben, über sich selbst im Sinne des Octavio Paz hinauszugehen, um dadurch, daß sie ein anderer werden, wieder zu sich selbst zu gelangen, um so ihr ursprüngliches Sein wiederzuerlangen usw. Sondern: Man stand rundweg positiv zum eigenen Ich. Die eigene Individualität wurde praktisch nirgendwo, statt als Zwangsjacke, als die willkommenste aller in Frage kommenden Formationen empfunden.

Die Modeschöpferin Jil Sander antwortete einfach nur: „Ich".

Desgleichen der Verpackungskünstler Christo: „Ich".

Nicht anders die Kammersängerin Christa Ludwig: „Ich".

Andere variierten diese Mindest-Antwort geringfügig. Der Manager Günter Netzer antwortete: „Ich selbst".

Der Aufbau-Verleger Bernd F. Lunkewitz hingegen sagte wörtlich: „Ich selbst".

Desgleichen Popstar DJ BoBo: „Ich selbst".

Nicht anders das Rockidol Udo Lindenberg: „Ik selba".

In schlichter Verläßlichkeit zog sich dieses Ich durch alle Nationen, Berufsgruppen und Geschlechter, unbeeinflußbar von jedem I.Q., unabhängig von jeder Altersstufe. Kein Charakterunterschied bewahrte die Monaden davor, sobald einer draufdrückte, pro Bauch einen Einheitspiepser beizusteuern, jeder sein kleines Ich. Wenn auch manche der befragten VIPs etwas ausführlicher antworteten. Istvan Horvath, Edda Moser, Luis Trenker und Joachim Fuchsberger gaben einhellig die Antwort: „Was ich bin."

Gustav Thöni, Willy Millowitsch, Alfred Dregger, Uwe Barschel, Ingrid Matthäus-Maier und Lech Walesa gaben einhellig die vergleichbare Antwort: „Das, was ich bin" –

ein Ostinato von eindringlicher Kraft, ja, von einem Magnetismus, dem sich Jörg Schönbohm, Gert Bastian und Hennes Weisweiler nicht entzogen; zu dritt sangen sie: „Das, was ich bin“. Und siehe, eine vierte Stimme sang mit, eindeutig die des Papstkritikers Eugen Drewermann, die zwar auf Hermann-Hesse-Kongressen in Calw das Individuelle gegen das Normierte verteidigte, hier aber ganz demütig sich vom Chor der Generäle und Fußballtrainer nicht absetzte, mit ihrer imitatio consensus: „Das, was ich bin“.

Als wenn das was wäre! Ein Affront gegen alle, die man demonstrativ nicht sein will! Was nutzt es, kein anderes Ich zu sein, wenn man nicht anders ist als andere?

Was wußte der Dirigent Klaus Tennstedt zu erwidern? „Der ich bin!“

Was wußte Himalayabezwinger Reinhold Messner zu erwidern? „Der, der ich bin.“

Was wußte die Politikerin Indira Gandhi zu erwidern? „Die, die ich bin.“

Diese Antwort tut mir persönlich besonders weh. Hätte sich eine gebürtige Inderin – fernab des Abendland-Schemas – von ihrem Hinduismus nicht sagen lassen können, daß das Ich Maja sei und nie restlos diejenige, die man soeben zu sein scheint, sondern ein sospirando verfließendes Bündel sich ständig uminkarnierender Seelen?

Was wußte Frau Prof. Elisabeth Kübler-Ross zu erwidern? „Das, was ich bin.“

Immer wieder aufs neue möchte die Sterbeforscherin Sterbeforscherin werden: warum sagen ihr ihre Sterbenden nicht: „Wisse, Elisabeth, auf den Schluß zu wird alles abgelegt, zuerst dein Beruf, dann dein Ich.“

Immerhin erfreuten die nächsten Antworten mit Mini-Modulationen. Wer oder was wollte die Politikerin Claudia Nolte sein? „Claudia Nolte".

Wer oder was wollte der Präsident des Bundeskriminalamts Hans-Ludwig Zachert sein? „Präsident des Bundeskriminalamts".

Wer oder was wollte der außerfriesische Komiker Otto Waalkes sein? „Ottos Ebenbild".

Alle diese Promis baumelten mitpfeifend, mitsummend, sich mitdrehend am gesungenen Ohrwurm der Du-darfst-Margarine: „Ich will so bleiben, wie ich bin".

Zwar kam – eine halbe Umdrehung weiter – Darwinsche Variantenbreite in die normierten Dividuen. Doch der Grundtenor blieb derselbe. Gesundes Verhältnis zu sich selbst steigerte sich. Um nicht plötzlich als ein anderer herumzulaufen, ohne sich in ihm wiederzufinden, mußte hier und da die Einheit des Ich beschwörend abgedichtet werden, mit Zauberformeln, die das Ich zum Mantra machen.

Die besonders heraushörbar mitsingende Catarina Valente: „Ich bin froh, ich zu sein". Als wäre, sobald man auch nur mal 'ne Sekunde aussetzt, ich selbst zu sein, gleich die Musik zu Ende!

Die Kammersängerin Gundula Janowitz, in punktierten Achteln: „Immer ich selbst". Vorsicht vor Identitätskrisen!

Benno von Wiese, selbstsuggestiv raunend: „Immer nur ich selbst". Vorsicht vor Ich-Zweifeln!

Auch Politiker Manfred Stolpe wollte „nichts anderes" sein. Keine Angst vor Fixierung!

Nicht anders Rhetorikprofessor Walter Jens: „Kein anderer". Keine Angst vor der Totalidentifikation mit sich selbst!

Die Dichterin Friederike Mayröcker: „Niemand anderer als ich selbst." Keine Angst vor mangelnder Spielraumausnutzung!

Festentschlossen auch WDR-Intendant Friedrich Nowottny: „Nichts anderes als das, was ich bin." Ach ja, keiner will mehr der lautlose Bruder aller Dinge sein.

Franz Xaver Kroetz: „Nichts, als das, was ich bin." Der Unterschied, der Macher und Dichter trennt, schrumpfte.

Hans Eichel: „Nichts außer mir." Was auch sonst? Nachdem man auf der Sprossenleiter schon so weit oben steht, beim dreigestrichenen C, hieße Gestaltentausch nur Abstieg. Ein Meistersinger, der in diesem Punkt schwankend würde, entzöge sich die Atemstütze.

Günther Kress: „Ganz und gar ich selbst".

Andrzej Szczpiorski: „Noch mehr ich selbst".

Dann wieder – eine halbe Umdrehung weiter – schleichen sich ins Ich ichfremde Elemente ein, um eindrucksvoll ausgeschieden oder . . . eingemeindet zu werden. Der Liedermacher Udo Jürgens bekennt sich sogar zur Kehrseite seiner Medaille: „Was ich bin – mit allen meinen Fehlern." Aber warum denn das? Weil ich ohne meine Fehler nicht mehr ich wäre. Der Psychoanalytiker Horst-Eberhard Richter schließt sich dem Drehwurm „Was ich bin" zwar vollinhaltlich an, kann sich aber im Detail Verbesserungen vorstellen. Fritz J. Raddatz singt nicht bei Jorge Luis Borges mit: „Fritz J. Raddatz, aber mit Locken." Das Schach-As Fritz Luschert: „Ich selbst – mit zusätzlichen Fähigkeiten." Welch Unersättlichkeit! Das grenzt hybrid an „den einzigen Toaster, der auch grillen kann" – sehr verdächtig! Günter Wallraff: „Was ich bin, jedoch in vielem konsequenter." Also ein Toaster, der aufs Grillen verzichtet, zugunsten konsequenteren Toastens!

Hoimar von Dithfurth: „Was ich bin, nur etwas besser".

Horst Seehofer: „Ein besserer Seehofer".

Kunsthistoriker Werner Haftmann: „Was ich halt bin, nur besser".

Historiker Arnulf Baring: „Ich selbst, aber besser".

Polnischübersetzer Karl Dedecius: „Ich selbst, nur besser".

Klaus von Dohnanyi: „Was ich bin, in einer besseren Ausgabe". Zu spät. Denn etliche Umdrehungen vorher war diese Aussage schon mal in viel besserer Ausgabe da, auf dem Grabstein Benjamin Franklins, auf dem dieser sich einem Buch mit zerrissenen Blättern und abgenutztem Einband vergleicht:

„Aber das Buch selber wird nicht verloren gehen.
Es wird wieder erscheinen sicherlich,
in einer neuen Ausgabe,
durchgesehen und verbessert
von seinem Schöpfer."

So lang mochte der Schweizer Dramatiker Friedrich Dürrenmatt nicht warten. Schon zu Lebzeiten wollte er „ein Dürrenmatt hoch zwei" sein. Er glaubte nicht mit James Bond ans Faktum, daß man nur zweimal lebt. So schwillt man – über sich hinauswachsend – pompös instrumentiert auf, imperialistisch: Statt aber die eigene Formation loszulassen und das Ich kosmisch zu verströmen, wurde versucht, den Kosmos bulimistisch in sich hineinzustopfen.

Heinrich Harrer lief auf der Spirale bloß im Kreis: „Noch mal der, der ich bin", also so unverbessert wie möglich, evolutionsfern, also eher Repetitionshinduist als Darwinist, und das als Naturforscher! Ungewillt, sein Schicksal zu sabotieren, ungeneigt, kurz oder lang austreten aus dem Rad der Geburten und Ring der Wiederkunft, nirgendwo eine Pinkelpause im Einerlei, im Perpetuum mobile, im Circulus vitiosis con alcune licenze, weit und breit nur Fingerübungen, Taktwechsel und Trugschlüsse, weit und breit keine Vollbremsung. Nur ein Ja zum Non-stop des durch den Fleischwolf gedrehten Lebens, Solidarität mit dem Leerlauf. Millionenmal Figuren aufstellen, sich den Schlips umbinden, Bratenwender, Gebetsmühlen, Leierkästen und Locken auf Glatzen drehn, Drehstühle übermalen, signieren, kraxeln, füttern, dübeln, löten, die Dinge singen hören . . . und immer noch nicht die Schnauze voll.

Mensch, werde wesentlich und rück ab von dir selbst. Doch kaum einer traut sich die von Octavio Paz zitierte, zögernde Sehnsucht, ein anderer zu sein, wirklich zu.

Ales Adamowitsch pianissimo: „Was ich geworden bin, mehr verdiene ich nicht".

Wojciech Jaruzelski pianissimo: „Diese Frage kommt fünfzig Jahre zu spät".

Udo Samel nicht völlig pianissimo: „Nicht viel mehr, als ich bin".

All diese ichzentrierten Antworten wären 1892 noch nicht möglich gewesen. Zur Proust-Zeit lautete die Frage nicht „Wer oder was hätten Sie sein mögen?", sondern: „If not yourself, who would you be?" Doch auch damals fiel es schwer, sich selber auf den Kopf gucken zu wollen. Thomas Mann, 21, antwortete auf die Frage, wer er, wenn nicht er, sein wolle: „Thörichte Frage." Schade. Wie kann man als Poet nur so knauserig sein? Goethe, 80, befragt, was er als ein anderer geworden wäre, wurde sofort ungemütlich: eine weniger glückgesegnete Existenz kam für ihn nicht in Frage; in England wäre er ein Bischof mit jährlich 30.000 Pfund Sterling Einkünften geworden. Mit den Worten des Unternehmers, Sportfunktionärs und Dressurreiters Josef Neckermann: „Ich bin sicher, ich wäre immer ich selbst geworden."

Schier angenehm hinduistischer imprägniert als Indira Gandhi, antwortete Franz Alt: „Der ich sein könnte." Falls da auch nur wieder die Gier nach zusätzlichen Fähigkeiten drinsteckte, sprach hier die Hoffnung, eines Tages was Besseres zu sein als bloß eine verbesserte Auflage. Zu spät. Denn etliche Umdrehungen vorher war dieselbe Aussage schon mal in viel besserer Ausgabe da, bei Friedrich Hebbel: „Der ich bin, grüßt traurig den, der ich könnte sein".

Viele sehnten sich, statt nach anderer Existenz, nach anderem Beruf – alles Ersatzhandlungen! Politiker Volker Rühe hätte Philosoph sein mögen. Sobald aber zum Ausgleich ein anderer Promi Philosoph wurde, genügte das auch wieder nicht: der Philosoph Leszek Kolakowski wollte Zirkusclown sein.

Der Philosoph André Glucksman wollte „ein fliegender Holländer" sein.

Der Philosoph Alfred Sohn-Rethel wollte „Ödipus auf Kolonos" sein.

Viel beliebter: musikalische Jobs. Der Maler Ilja Kabakov möchte Geiger sein . . . hoffentlich kein Geiger, der lieber Maler wäre? Rainer Ortleb bzw. Herta Däubler-Gmelin wäre gern Sängerin bzw. Opernsänger geworden. Bei der Nennung von Zeitgenossen, die man sein möchte, verfuhr man sparsamer, trotzdem wollte Luis Trenker – zu den Lebzeiten beider – Herbert von Karajan sein, im Gegensatz zu Alphons Silbermann und Lothar de Maizière, die bloß ganz allgemein „Dirigent" sein wollen.

Zeichner Paul Flora: „Ich selbst, allenfalls Caruso".

NDR-Intendant Jobst Plog: „Ein Sänger wie Caruso" – was? Der auch? Sobald Enrico Caruso an posthumer Mehrfachbesetzung leidet, stecken Plog, Flora u.v.m. im Stau, der sich auflösen könnte, sobald General a.D. Gerd Schmückle, der gleichfalls „ein Sänger wie Caruso oder Pavarotti" sein möchte, sich eventuell, da es um Caruso eng wird, mit Pavarotti zufrieden gäbe.

Andrang ebenfalls rund um Franz von Assisi! Mehrere wollten er sein: Erstens der Fotograf Jacques-Henri Lartique, zweitens Hans Sahl, drittens Julien Green, viertens Konstantin Wecker, der zudem Puccini und Caruso sein wollte, und obendrein Goethe, also auch Neckermann?

Andrang ebenfalls rund um Leonardo da Vinci! Als Anwärter kamen sich Gregor von Rezzori, Iring Fetscher, Kameramann Michael Ballhaus u.v.m. in die Quere.

Andrang selbst um Heinrich Schliemann. Sowohl der General Jörg Schönbohm wie der CSU-Politiker Edmund Stoiber wollten er sein.

Kantische Idealität der Zeit macht's möglich, sich künftig auch rückwirkend zu inkarnieren. Problem hierbei: Wird Caruso dadurch, daß er bis zum Rand voll wäre mit schlechter singenden Seelen, nicht verwässert? Nein, denn diese sängen ja dann allesamt so gut wie Enrico Caruso. Wie aber kommen die zahllosen Seelen, die sich apart verkörpern wollen, hinein in die auch ohne sie beseelten Körper? Im Zeitalter der Warteschlangen müssen alle Seelen die Erfahrung machen, daß vorher, hinterher, währenddessen alle Körper bereits ausgebucht sind. Das setzt dem einsamen Ich sehr zu. Es greift zu Allgemeinheiten, wie der Philosoph Bernard-Henri Levy, der „ein anderes Ich" sein will – wer kann ihm das glauben? Was denn für ein anderes Ich? Wieso so unpräzise, so anonym? Bitte aussagefähige Bildzuschrift beilegen! Dieses „andere Ich" hat ihm Octavio Paz eingebrockt!

Doch kaum gingen die Leute ins Detail, wünschten sie sich nur Murks und Kokolores! Selbst vor hochproblematischen Berufen und Namen machte die Sehnsucht, jemand anderes zu sein, nicht halt: Pfarrer Henryk Jankowski hätte Berufssoldat sein mögen. Wagnerenkel Wolfgang Wagner und Fußballtrainer Christoph Daum wollten „Kolumbus" sein, also Massenmörder – wie Hinrich Matthiesen, der „Columbus" sein wollte.

Jetzt ein perverses Solistenquartett fast unisono: Was wollte Jurist Robert M.W. Kempner sein? „Ankläger von Adolf Hitler." Ohne hinzuzufügen, wann genau. Vorher? Hinterher? Und ohne die Urteilsvollstreckung selbst zu übernehmen wie Schriftsteller Horst Bosetzky, der ausgerechnet jener Mann sein mochte, „dem die rechtzeitige Eliminierung Hitlers gelungen wäre". Ohne hierbei Eberhard Jäckel in die Quere zu kommen, der ebenfalls „der Mörder Hitlers" sein mochte. Ohne hinzuzufügen, ob als Henker oder Ankläger. Und warum bloß Hitlers Mörder, und nicht bei dieser Gelegenheit gleich Saddams, Schirinowskis, Bushs, Dschingis Khans, Erich Honeggers und Helmut Kohls? Der übrigens Bauer sein will. Was will Filmproduzent Artur Brauner sein? „Der erfolgreiche Attentäter Hitlers". Doppelsicherung, falls Hitler den Anschlag Jäckels und Bosetzkys überlebt hätte.

Wer oder was aber mochte Golo Mann sein? „Jemand, der glücklicher ist als ich." Ans Herz greifend, mit welcher Aufrichtigkeit sich ein großer Mann wegwarf und nach der erstbesten Notlösung griff, einerlei nach wem, Hauptsache glücklicher.

Immerhin wurde der Marcel-Proust-FAZ-Magazin-Fragebogen-Drehwurm kraft solch bluternster Antworten gehindert, abzusinken zu geistvollem Rokoko-Gesellschaftsspiel, als welches er ab und zu kursierte. Wer will schon im Innersten tatsächlich Karajan oder Luschert sein, mit allen Konsequenzen, und zwar nicht nur 'ne unriskante Minute lang, sondern jeweils lebenslang?!

Oft wurde über den Abgrund der Frage einfallsreich hinweggeglitten:

Herrmann Burrger wollte „Tarnkappenkobold im 19. Jahrhundert" sein.

Ephraim Kishon wollte „Ölscheich in Israel" sein.

Hans Modrow wollte „der Mann im Mond" sein.

Will Michael Krüger wirklich „der uneheliche Sohn von Franz Kafka" sein?

Wollen Walter Kempowski und Reinhard Baumgart wirklich je ein Elefant sein? Und Ulrike von Möllendorff „ein Panther, schwarz und schön"? Was wollen die alle da unten? Sich wieder, Umdrehung um Umdrehung in steigender Chromatik, hinaufdienen in Richtung Mensch, zusammen mit Oberinspektor Derrick-Tappert und Dieter Wellershoff, die in einhelliger Feierlichkeit „ein Mensch" sein wollen, so als sei der noch sehr weit weg.

All diese Maskottchen, die die Leute sein wollen, gehn stufenlos trillernd über in Walt Disneys Schleierfische, in denen sich Nadja Tiller gern wiederfände, oder bis zu Nikolaus Harnoncourt, der – statt Dirigent – humorvollerweise „eine feinohrige Fliege am Hofe zu Anhalt-Köthen ca. 1720" sein will.

Hoffentlich meinte – eine Umdrehung weiter oben – wenigstens Johannes Mario Simmel seine Antwort „ein alter Baum" ernst, so ernst wie Gottfried Benn, der –

zumindest innerhalb seiner Lyrik – sich wieder zum Klümpchen Schleim hinunterdrehen wollte, oder ein Algenblatt, oder ein Dünenhügel, um endlich nicht mehr so arg leiden zu müssen wie die weiter oben angesiedelten Organisationsformen, mit ihren heiklen Nervensystemen.

Günter Kunert, das Abgründige dieser Problematik berührend, mochte „ein gut plazierter Findlingsbrocken mit etwas Bewußtsein" sein, also ein Geistesbruder Quasimodos, der sich am Schluß der ersten Verfilmung des Glöckners von Notre Dame an eine gotische Figur lehnt: „Ach wär ich doch von Stein wie du". Doch verdarb der unnötige Schuß Bewußtsein alles. Da kam ein Humor in die Sache, der da nur störte. Die Wohltat, kein Glöckner mehr zu sein, sondern Stein, kein Benn mehr, sondern Schleim, soll ja – laut Isoldeverehrer Tristan – grade darin bestehn, daß das tagsüber quälende Bewußtsein nachts abgelegt wird; Kunert aber will's behalten; wozu also möchte er ein Stein sein? Und warum soll der Stein ein Findling sein? Des Rätsels Lösung: Noch als Stein genießt der Dichter nebenbei die Aussicht und biedert sich vorbeikommenden Leuten an! Günter Kunert will gefunden werden! Asketen bleiben Genießer, sanfte Techniker bleiben Techniker. Fazit: Alle wollen beim Anderswerden heimlich dieselben bleiben. Begrenztheit, weiche von hinnen!

Zwar behauptete Manfred Bieler, er würde gern ein Kater auf einer venezianischen Fensterbank sein – wieso aber keine Katze? Er dachte also nicht über sein Geschlecht hinaus, anders als Peter Schreier, der manchmal seine Frau sein möchte, wobei sich die Frage erhebt und verhärtet: In was für Momenten möchte er seine Frau sein? Und wo wäre derweilen er? Doch hoffentlich nicht zusätzlich dabei, als Zweiter im Bunde, um sich selber von beiden Seiten her zu genießen? Fazit: Alle wollen beim Frauwerden heimlich Mann bleiben. Selbst wer keine Frau sein möchte, weil er dann nur den ganzen Tag mit seinen Brüsten spielen würde, bleibt Mann.

Selbst Philosoph Hans Blumenberg hat eigene Belange nicht transzendieren wollen: „Mein Verleger, um für einen seiner Autoren mehr zu tun." Sobald Blumenberg tatsächlich Siegfried Unseld gewesen wäre, wär sofort jeder Grund weggefallen, für Blumenberg mehr als bisher zu tun, es sei denn, im neugeformten Unseld hätte heimlich der abgelegte Blumenberg gesteckt, der inkognito sich was Gutes tun gewollt hätte, statt ernsthaft umzusatteln. Außerdem: Wo bliebe, da doch alsdann der ursprüngliche Blumenberg Unseld gewesen wäre – und Unseld, der ebenfalls „Verleger" sein wollte, so oder so Unseld – jener Autor, der da gefördert werden soll? So oder so. Die Gleichung geht ohne Rest auf, nämlich ohne Blumenberg.

Fazit: Eigentlich müßte jeder Promi Konsequenzen ziehen, die eines Philosophen würdig wären, die aber einzig nur der Verhaltensbiologe Hubert Markl zog: „Kein Änderungswunsch: ich bliebe ja doch derselbe."

Karl Krolow sfumato: „Man kann nicht aus der Haut, in die man gesteckt ist, dieses ‚damned myself'". Etliche Umdrehungen vorher war diese Antwort fast wörtlich schon mal da, bei Georg Friedrich Wilhelm Hegel: „Aus dem Substantiellen seiner Zeit kann Niemand heraus, so wenig wie aus seiner Haut."

Umso mächtiger wird – eine Umdrehung weiter oben – die Neugier auf andere Existenzformen: Wer oder was hätte Rolf Dahrendorf sein mögen? „Was ich noch nicht war. Im übrigen ist tun wichtiger als sein." Der Reihe nach alles antippen, durchprobieren, das ist typisch für diese Zeit, wenn nicht gar symptomatisch! Unstillbar, dieses Abwechslungsbedürfnis! Ständiges Hin und Her. Kein Sitzfleisch mehr – statt dessen: Konzentrationsschwierigkeiten. Immer dasselbe Leitmotiv reiten, immer nur ich sein, wie einseitig! Immer nur ein anderes Leitmotiv reiten, immer nur ein anderer sein, bloß einer – das wär genauso einseitig. Deshalb wollte Georges Simenon „alle Menschen“ sein, und der Haifischforscher Hans Hass: „Jeder und alles.“ Bemooste Allsympathie? Frühkindliches omnivores Omnipotenzdenken? Da kann man ja gleich Gott sein wollen, und das will man auch, und zwar als Roland Topor. Gore Vidal wollte das Universum sein, Brigitte Kronauer bescheidenerweise „die Milchstraße, nur einen Augenblick lang“ – aha! nur ’ne Minute lang! Warum so kurz? Sofort anschließend wieder hineinmüssen, ins plötzlich eingelaufene Kleid, ins Leitmotiv, ins Ich – nein danke. Lieber Karlheinz Stockhausen sein! Der möchte ein Urknall sein! Auch hier nur wieder das übliche Expansionsgelüst. Außerdem kann die mystische Wollust, die beim Abwerfen des Ich bekanntlich frei wird, nur dann genossen werden, wenn ein Nervenpunkt, der diese Wollust empfinden kann, doch noch irgendwie übrigbleibt, und wer oder was bleibt als deren Träger einzig denkbar? Das abgeworfene Ich.

Vermessener Tiervater Bernhard Grzimek! Er – eine Umdrehung weiter oben – gab an, er möchte Buddha sein, ohne zu bedenken, daß Buddha gerade nicht Buddha sein, sondern raus aus dem Geburtenrad möchte, diesem Laufrad, Tretrad, Spielwalze, dieser Fleischereimaschinenhalle mit ihrem unverläßlichen Notausgang. Buddha will nicht Öl noch Sand im Getriebe sein, nicht Soldat noch ZDL, sondern Totalverweigerer, nicht bloß ein Tarnkappenkobold wie Odysseus alias Niemand, sondern tatsächlich niemand, was auf Englisch dann allerdings leider Nobody heißen würde: Buddha alias Prof. Grzimek, wäre dann nicht ratzeputz futsch und weg, sondern bloß ein 08/15-Gesicht, eben ein Nobody, eine Null mit weiterschmatzendem Body. Niemand sein, das ist nicht schwer; niemand werden – wenn man schon mal jemand ist – dagegen sehr.

Buddhistisch imprägniert antwortete ein unverhofftes Trio: Erstens die Feministin Alice Schwarzer: „Bei genauerem Hinsehen: niemand". Zweitens: Hans Magnus Enzensberger, der es ohne Gefackel auf den Punkt bringt: „Niemand". Hoffentlich heißt das nicht nur: niemand anderes. Drittens: Der Philosoph Odo Marquard, der – nicht eben zunftgemäß! – weder Zirkusclown noch Ödipus sein wollte, sondern beneidenswerterweise: „Gar keiner (‚doch wem passiert das schon')". Da steckte alles drin: erstens Ungenügen am Nachteil, geboren zu sein. Zweitens: Eleganter Neid auf den, dem es gelang, kein festgelegtes Subjekt zu sein. Drittens: Sympathie mit dem Nichtsein, frei von düster durchgezogener Dogmatik, subversiver Pathetik und Unsouveränität, konziliant gepaart mit dem zarten Protest des Humanums angesichts des fehlenden Mitspracherechts beim Sichwiederverkörpern, nein: beim Verkörpertwerden, beim Verbratenwerden. Mit einem Quasi-Seufzer der Resignation wurde hier ganz unmerklich die fruchtbare Differenz ausgebeutet, zwischen dem Ich, das in sich selber steckt, und dem Ich, das beim Insichselberstecken nicht völlig in sich selber steckt.

Wie trocken, eng, spielverderberisch, geradezu reinkarnationsbedürftig dagegen – um mehrere Umdrehungen runtergerutscht – äußerte sich der katholische Theologe Hans Küng: „Ich glaube nicht an Seelenwanderung."

Das ist aber bedauerlich. Der arme Mann! Nie darf ein hinduistischer Aasgeier dunkel zu ahnen beginnen, schon mal Sterbeforscherin gewesen zu sein. Nie darf Prof. Küng fühlen wie Tschingis Aitmatow, der sich anläßlich der FAZ-Frage selber fragt: „War ich nicht schon Komponist?“

Wer nicht an Seelenwanderung glaubt, um an Auferstehung zu glauben, erweist sich als schmalspurgläubig und wird spätestens im nächsten Leben aufgehört haben, an Auferstehung zu glauben. So sind Theologen. Nie Geier oder Komponist gewesen, unfähig, innerhalb eines Variationssatzes an mehr als eine Variation zu glauben.

Ohnedies kommt keiner drumrum, um den Drehwurm Seelenwanderung. Das drahtlose Wandern ist nun mal der Seele Lust, und wer im Zeitalter der Glaubensfreiheit und Telekommunikation nicht dran glauben will, der wandert halt ohne Seele durchs Leben und füllt den Fragebogen so aufschlußreich aus wie der Ex-Postminister Christian Schwarz-Schilling, der – und dies im Zeitalter der Trimm-dich-Pfade und Verkehrsinfarkte – „immer ein Wanderer“ sein möchte.

Ganz anders Ufo-Mensch Erich von Däniken, der sich stramm und ungebrochen ins Asiatische stürzte, mit seiner umdrehungsfreudigen Antwort: „Meine Reinkarnation in 500 Jahren“. Wobei es passieren kann, daß in 500 Jahren auf einmal der Fluidalbody streikt, oder sich die Ansichten über karmische Intervalle geändert haben, oder zur Strafe für penetrante Esoteriker keine Reinkarnationslehre mehr zutrifft, zumal ab 2030 überall nur noch ungeeignete Wohnstätten fünfbeinig herumhumpeln, verstrahlte Kröten, geschlossene Gesellschaften, umlagert von Seelenandrang, vollbesetzt mit Seelen, die es eiliger gehabt haben als unsereins.

Herausgedrehter aus der Antwortenspirale, drüberschwebender als alle der Philosoph Günther Anders: „Psychologisch falsch gefragt. Man kann kein anderer sein wollen, sondern nur anders." Philosophisch falsch beantwortet. Denn wem es gelänge, anders zu sein, der wäre gleichsam ein anderer geworden. Müller braucht nur anders zu heißen, schon nennt er neue Identität sein eigen. Der eine entsteigt neugeboren . . . einem Schaumbad; der andere tritt – trotz aller Inkarnationen, die er durchläuft und die spurlos an ihm abgleiten – auf der Stelle. Auf jedem Foto im Album bin ich einerseits derselbe, trotz aller Unterschiede, andererseits von Bild zu Bild ein anderer, bei aller Familienähnlichkeit, und warum soll ich dieser andere, der ich u.a. bin, nicht sein wollen? Jeder ist sich selbst ein anderer. Ein bißchen Selbstentfremdung genügt. Greifen Sie zu! Seien Sie, statt damned yourself, ein anderer, zwei, drei andere! Der Reihe nach, quer durch alle Inkarnationsspektakel, vorwärts und rückwärts. Mal solistisch! Mal eher unisono! Und das gleichzeitig!

Vor allem: Beantworten Sie die entscheidende Frage des Marcel-Proust-Fragebogens des beliebten FAZ-Magazins nicht gar zu leichtfertig! Verpassen Sie Ihren Einsatz! Jede Antwort droht am Mischpult bearbeitet zu werden. Keine kommt unverhöhnt davon. Sogar Odo Marquards Antwort klingt unredlich. Im Inneren will Odo Marquard vielleicht gar nicht gar keiner sein, zumal niemand auf Dauer gar keiner zu sein vermag. Warum sollte Odo anders sein als andere Odos und nicht ebenfalls niemand anderes sein wollen als speziell dieser eine Odo?

Antwort verweigern, führt nicht hinaus. Der Gedankenstrich, den Fußballtrainer Jörg Berger hinter die Frage setzte, spricht leider Bände. Keinerlei Nirwana schimmert durch diese leere Zeile.

Trugschluß-Atmosphäre: Einzig Sie, die Sie diese Frage nie beantworten müssen, Sie, die Sie es in diesem Leben nie und nimmer bis zum Fußballer oder zur Theologin bringen werden, Sie sind befreit davon, vergleichbare Peinlichkeiten hervorzuflöten. Und können sich ergötzen, übersättigt von den minimalistisch beeinflußten Refrains dieser jeden Moment ausklingenden Variationen, wie da die prominenten Larven ihren Witz und Geist loslassen – doch bitte! Mäßigen Sie Ihre Schadenfreude! Lassen Sie Milde walten. Gucken Sie nicht so genau hin, was die thörichte Fragebogenfrage da für Armutszeugnisse auch weiterhin hervorkitzeln würde, wenn es das FAZ-Magazin noch gäbe, Woche für Woche. Die Beliebtheit ähnlich heiterer und heikler Gesellschaftsspiele sucht sich immer neue Opfer, und da ist keiner, aber auch nicht einer, der sich der Schmach und ihrer Ewigen Wiederkunft entziehen könnte. Wenn es wenigstens an den Schwächen der einzelnen Promis läge, dann könnte man manches abstellen, mittels Aufklärung und Volkserziehung, doch nein, es liegt am Ich an sich. Die klägliche Fülle des Antwortenspektrums zeigt, wie und wo der Riß auch weiterhin durch die Natur läuft: quer durchs Phänomen Individualität. Wer möchte nicht stark dissonant aufjaulen bei diesem Anblick! Wie da tausend Antworten vegetativ, unvollmündig, gehorsam an dieser immutable question baumeln, und die Kreatur in ihrer Bedürftigkeit zeigen! Wie da dem Ich dämmert, was für eine kleine, in sich selber eingepferchte, engbrüstig spielraumentbehrende, benachbarte Funktionspuppen um ihre Sangesmacht beneidende, halb zerquetschte Konstruktion es sein und bleiben muß, immer schon war, ein kläglich personifizierter Kompromiß zwischen aggressiver Außenwelt und expansiver Innenwelt, explosiv zusammengequetschte Pufferzone in Menschengestalt, und andererseits: wie sattelfest das Ich sich sauwohl fühlt mitten im Schlamassel, blind bleibt, klein bleibt beim Aufpusten seiner selbst, staunend, wie die unbegrenzte Welt in so ein benachteiligtes Auffangglas hineinzupassen scheint, und sich nirgendwo höher erhebt als dort, wo es sich kokett in Frage stellt, um dann aber doch wieder die Ich-Verlust-Aufwärtsspirale runterzubiegen zum alteingesessenen guten alten Ich – Kameramann Xaver Schwarzenberger: „Früher Marlon Brando, jetzt ich.“ Entertainer Harald Schmidt: „Sorry, aber ich mag mich. Ehrlich!“ Politiker Manfred Kanther: „Keine Veränderungswünsche“. Präsident der Deutschen Forschungsgemeinschaft Wolfgang Frühwald: „Nichts anderes als das, was ich bin“. Politiker Henning Voscherau: „Niemand anderes“. Manager Franz Schoiber: „Niemand anders“. Politiker Wolfgang Gerhardt: „Nichts anderes, als ich bin“. Porsche-Manager Wendelin Wiedeking: „Je mehr ich nachdenke: Das, was ich bin“. Präsident des Deutschen Sportbundes Hans Hansen: „Das, was ich bin“. Schauspielerin Liesel Christ: „Das, was ich bin“. Springreiter Hans Günter Winkler: „Das, was ich bin“. Gerhard Schröder: „Das, was ich bin“. Politiker Carl-Dieter Spranger: „Was ich bin“, Intendant Günther von Lojewski: „Was ich bin“, Filmregisseur Claude Sautet: „Was ich bin“, Modeschöpfer Otto Kern: „Was ich bin“, Utta Danella: „Was ich bin“, Robert M.W. Kempner: „Was ich bin“, Leonie Ossowski: „Was ich bin“, Gerhard Meir: „Was ich bin“, L. Fritz Gruber: „Was ich bin“, Hans Donner: „Was ich bin“. Architekt Josef Paul Kleihues: „Der und was ich bin.“ Fernsehproduzent Wolfgang Rademann: „Der ich bin“. Sängerin

Barbara Hendricks: „Die ich bin“. Unternehmer Hans-Joachim Gottschol: „Ich selbst“. Rechtsanwalt Jacques Vergès: „Ich selbst“. Schriftsteller Wladimir Sorokin: „Ich selbst“. Lederhandwerker Jean-Louis Dumas-Hermès: „Ich selbst“. Liedermacher Reinhard Mey: „Ich“. Kammersänger Dietrich Fischer-Dieskau: „Ich“. Unternehmer Johannes von Thurn und Taxis: „Ich“. Kammersängerin Bettina Wagner: „Ich“. Giacomo Manzi: „Ich”. Arik Brauer: „Ich“.

Coda: Wer oder was hätte die Frage „Wer oder was hätten Sie sein mögen?“ umformulieren müssen, damit wenigstens die bloßstellendsten Antworten hätten ausbleiben können? Nein, kein Änderungswunsch: Eine verbesserte Frage bliebe ja doch dieselbe.

Bücherwurms Farbtherapie

Zunächst steckte ich in Phase Nr. 1 – diesseits von Schön und Unschön:

Dumpf achtete ich nur auf innere Werte, statt aufs Aussehn. Geoff Hamiltons „Der kerngesunde Garten“ (grünes Cover), Waldmüllers Globusbuch und Heinz Roosen-Runges „Farbgebung und Technik frühmittelalterlicher Buchmalerei“ (weiß) landeten neben H.H. Stuckenschmidts „Maurice Ravel. Variationen über Person und Werk“ (knallorange); Descartes (schwarz) und Martin Heidegger (kotfarben) neben Ulrich Freunds „K-Effekt. Vom Unvermögen, eigenes und fremdes Leiden zu lindern. Eine Kapitulationsurkunde“ (knallgelb), dann wieder neben Nizamis „Leila und Madschnun“ (blau), aus dem Persischen von Rudolf Gelpke, oder auch neben Niklas Luhmann (schwarz). Manchmal flog alles unreflektiert durcheinander: José Orabuenas Novelle „Henri Rousseau“ (lindgrün) neben, auf oder unter Morey Bernsteins „Protokoll einer Wiedergeburt“ (mausgrau) oder Ulrich Sonnemanns „Vorstudien zu einer Sabotage des Schicksals“ (weiß). Dann wieder stand alles verträglich in Reih und Glied: Edna B. Foa/Reid Wilson: „‚Hör endlich auf damit‘ Wie Sie sich von zwanghaftem Verhalten und fixen Ideen befreien. Mit einem 3-Wochen-Intensivprogramm“ (weiß), „Die Kreuzzüge in den Bildern von Gustav Doré“, 1925 (nierenfarben), und Timothy Ward: „Wovon Buddha nichts erzählte“.

Fazit: Noch ahnte ich nicht, daß ich einige dieser Titel eines Tages als optisch unvorteilhaft einstufen würde.

Nun kam Phase Nr. 2 – aufkeimendes Bewußtsein:

Angesichts der fünf Bände im Schuber „Die Philosophie Chinas“ (gelb) fiel mir ihr Einheitsgelb als angenehm plausibel auf. Anderswo aber blieben sinnvolle Relationen zwischen Buchautor und Buchfarbe selten. Wieso mußte Charles Darwins „Bildung der Ackererde durch die Thätigkeit der Würmer“ genauso gelb sein wie das I Ging, oder warum Kierkegaards „Wiederholung“, die ich herabgesetzt in der Marburger Bücherstube erwarb, so küchenmäßig weiß wie Eva Hellers „Beim nächsten Mann wird alles anders“? So wartezimmermäßig weiß wie Bücher über therapeutisches Reiten mit Straffälligen? Sofort kamen mir grüne, schwarze, blaue Chinabücher merkwürdig illegal vor.

Fazit: „Bewußtmachung fördert Beunruhung.“ (Laotse)

Dann kam Phase Nr. 3 – weiterwachsende Irritation:

Im kompletten Farbenchaos ruhte eine schöne safran-, bananen- und chinagelbe Insel. Umso krasser brach ein einzelner Laotse (pechschwarz) diese Einheit auf. Und oben links begann „Luschert's Schach-Lehrbuch“ (ekelhaft knallweiß) doch sehr zu stören: Band 1 mit Himbeerjoghurt-Querstreifen verziert, Band 2 mit Heidelbeerjoghurt-Querstreifen, das Ganze überzogen mit Klebefolie, die an den Ecken bald unschön abging, leider nie ganz. Anhand dieser Querstreifen entwickelte ich eine Allergie gegen Querstreifen jeglicher Farbe, sowie gegen weiße (Rilke) und rote Bücher (Mao-Bibel), also eine Vorliebe für braune (Wilhelm Gundert: „Japanische Literatur“, 1929) und grüne Bücher (Jill Purce: „Die Spirale, Symbol der Seelenreise“).

Buchkauf wurde zunehmend konfliktuös: Bücher schrieen, sprangen, klotzten, baggerten und machten mich frontaler an denn je, infantiler, farbensüchtiger, aufgegeilter, überdrehter denn je. Spätestens Hermann Hesses posthume Zwangsverheiratung mit Andy Warhol hatte die bunte Entmündigung der Firma Dante, Hamlet & Co besiegelt. Die Umschlaggestalter Willy Fleckhaus und Werner Rebhuhn lenkten mich von meiner Koinzidenz mit dem Geist des Autors indiskret ab, machten mich zum Stier ihrer Vermarktungseinfälle. Wegbegleiter wie Jorge Luis Borges' „Labyrinthe", ein knallrotes Ding aus der Heyne-Reihe DAS BESONDERE TASCHENBUCH, unterhöhlten per Outfit ihren Inhalt.

Schockfarben kamen mir ins Haus, selbst bei Klassikerneuausgaben, Ärger mit aufgedruckten Buchnummern, Preisen, Kürzeln, Verlagssignets. Fast nie paßten Emblem und Emblemträger zufällig so gut zueinander wie die Ullstein-Eule zu Hegels „Phänomenologie des Geistes". Weder ich noch Dostojewski konnten sich wehren, daß ich durch den „Schuld und Sühne"-Schutzumschlag (knallrot mit weißem Querstreifen – rot wie die Schuld?) visuell positiv beeinflußt werden sollte. Die Brüder Karamasow (quittegelb) zeigten keinen Chinabezug. Immerhin kam unter dem knallroten Kleid eine zurückhaltendere, weinrote Haut hervor, und unter dem quittegelben Kleid eine gemäßigt senffarbene Haut.

Fazit: Buchumschläge und Bucheinbände werden heute nicht von Malern gemalt, sondern von Anstreichern angestrichen. Außerhalb der Antiquariate war an aushaltbares Design kaum noch heranzukommen.

Phase Nr. 4 – Einschränkung auf ausdrücklich schöne Bücher:

Fast nur noch antiquarische Objekte kamen bei mir in die Bücherwand. Angetan vertiefte ich mich in Joseph Kyselaks „Skizzen einer Fusswanderung durch Oesterreich, Steiermark, Kärnthen, Salzburg, Berchtesgaden, Tirol und Bayern nach Wien, nebst einer romantisch-pittoresken Darstellung mehrerer Ritterburgen und ihrer Volkssagen, Gebirgsgegenden und Eisglätscher, auf dieser Wanderung unternommen im Jahre 1825“, in zwei Bänden, mit Zeichnungen von Johannes Joseph von Beutel-Knaak, „Gedruckt im Jahre 1929 in der Hof-Buch- und Steindruckerei von Laabs & Riedl in Graz in 350 Exemplaren/Die Bindearbeit besorgte die Eisenstädter Buchbinderei, vormals Säuerlich, Abteilung für Handbindekunst in Wien-Weikersdorf. Das Buch hat die Nummer 332.“ Es ruhte in exklusiver Pappschatulle, so goldockerfarben wie der hadernhaltige Buchumschlag, den ich behutsam zurückschlug, um den handgewebten Naturseide-Einband zu bewundern . . . die Goldschrift . . . die Borten. Beim Aufklappen loderten über kolorierten Bergkulissen kobaltblaue und feuerrote Initialen, Vignetten, in denen der Name „Kyselak“ aus stilisiertem Blattwerk guckte, wechselnde Schrifttypen, am Ende eines Abschnitts trichterförmig auslaufender Schriftsatz auf unregelmäßig gerandeten Bütten, mit marmoriertem Transparentpapier zum Schutz der Abbildungen, Randleisten, Lesebändchen . . . und ganz am Schluß eine mit weiteren Bergkulissen versehene Lasche, in der ich ein Zusatzheftchen fand: ein gepflegtes Nachwort von Fritz Luschert, ebenfalls auf Bütten, kleiner gedruckt als der Haupttext, gleichwohl betont separat sich draußen haltend aus dem Buch-Kontinuum, sich zurücknehmend, nicht so pietätarm auftretend wie all die andern Nachworte dieser Welt, die sich so nah wie möglich an den Haupttext drängen.

Weitere Bücher, die ich äußerer Schönheit wegen erwarb: „Engelhardt's Faust, ein deutscher Mythos" (braunrotes Dürerleinen mit Goldaufdruck), oder „Tschingis-Chan. Der Sturm aus Asien", 1934. Nur schafften es diese Werke nicht, Lieblingsbücher zu werden. Würde ich je „Der Sinn des Daseins" lesen, von Bo Yin Ra, alias Joseph Anton Schneiderfranken, eingebunden in schwarzen Cord, vorndrauf ein schmiedeeisernes, feingeplättetes Doppelspiralen-Ornament, aufgeklebt auf Cord! Um nicht von Buch zu Buch weltfremder zu werden, mußte ich erneut zu unschönen Neuerscheinungen greifen, zu Signalfarben, die ebenso nervten wie in antiquarischen Büchern die „leichten Gebrauchsspuren": Fettfleck auf S. 130 und angestrichene Signalstellen.

Fazit: Mit schönen Büchern langweilte ich mich. Mit anderen wär ich glücklich gewesen, wenn sie besser ausgesehn hätten. Die Kluft zwischen Buchinhalt und Buchgestaltung wurde tiefer. Die Kluft und der Urzwist zwischen Innen und Außen, Seele und Körper, Sein und Design, Gentypus und Phänotypus, Mysterium und Fassade, zwischen Geist und Materie wurde eklatanter.

Phase Nr. 5 – Buchverschönerung per Überklebung:

„Aktuell", Infos, Fakten, Daten, hätte mit Goldschrift unaktuell ausgesehen. Hier kam die ursprüngliche dtv-Grundfarbe Weiß bruchlos zu sich selbst. Zellophanistan pasteurisierte Goethes Wahlverwandtschaften derart, daß ich eingriff. „Alter und Aussehen egal" – nein danke!

Nie wieder beim Lesen ein Handtuch übers Gesicht legen! Obwohl ich bei Günther Anders (weiß kartoniert) gelesen hatte, daß ein holzgschnitzter, mit Bauernmalerei geschmückter Radioapparat ein geschichtsphilosophischer Widersinn sei, begann ich mehrere weiß kartonierte Bücher (inklusive Günther Anders) mit Decefix (Kork-Imitation) augenfreundlicher zu gestalten. So gelangte ich zu hochindividuellen Serienprodukten: ab sofort begann ich John Daido Looris „Hat ein Hund Buddha-Natur? Die Koan-Praxis im Zen, Spirit Fischer" und Detlef Bieseke „Die Selbstverwirklichung des Hundes durch Beißen", die nun korkfarben beieinander standen, permanent zu verwechseln.

Fazit: Überkleben genügt nicht.

Phase Nr. 6 – weiterführende Buchverschönerung per Übermalung:

Abends in Drückeberg saß ich mit Sepiatusche, Öl und Acrylfarben, malte und beschriftete um. Hierbei wurden Querstreifen, plötzliche Vierecke konsequent übermalt, oft ganze Titelseiten, samt bildzerhackender, wegen unruhiger Bilddetails unleserlicher, oft unwichtiger Autoren- und Verlagsnamen. Wilhelm Schamonis „Das wahre Gesicht der Heiligen", Kösel Verlag 1967 (himmelblau), trug auf dem Buchrücken die Aufschrift: „Schamoni. Das wahre Gesicht". Ich klebte ein Schildchen drüber: „Bildnisse von Heiligen", Schönbuchstaben von oben nach unten. Seit Adornos Verdikt, auf menschenwürdigen Büchern solle der Titel quer gedruckt sein, litt ich an längs gedruckten Titeln. Dann klebte ich eine Kunstpostkarte auf die Vorderseite, den Heiligen Veit im Ölkessel, geschnitzt von Veit Stoß 1520 . . .

seitdem blättere ich sehr gern in meinen „Bildnissen von Heiligen".

Aussortiertes, Zerlesenes zu Schleuderpreisen, 5.- DM pro kg, das ich kistenweise vom halbjährlichen Trödelmarkt der Stadtbücherei Kassel mitbrachte, trug am Rücken knallrote Buchsignaturen. Uli Luscherts „Gespräche mit Jojo" trug die Signatur: „E 35.4 Joj", wenn nicht gar: „E 35.4 Lus". Um solche Bücher nicht mit denen zu verwechseln, die ich derselben Stadtbücherei bloß entlieh, übermalte ich die Signaturen; Acryl hielt auf wasserdichtester Folie. Aus Versehen übermalte ich – im Schußfeld eintreffender Mahnungen – ein entliehenes Buch, gab umgekehrt ein mit „Ausgeschieden" bestempeltes, unübermaltes, das ich für geborgt hielt, beinahe in der Stadtbücherei Kassel ab.

Unschöne Bücher übermalte ich gänzlich. Dr. Frahms „Empfängnisverhütung" (weiß), Jürgen vom Scheidts „Wiedergeburt. Geheimnis der Jahrtausende" (manganblau mit Likörrot) und J. Metzlers „Der Fleischwolf. Kulturgeschichte des Fleischerhandwerks" (undefinierbar silbrigblau) übermalte ich fleischfarben, so daß diese Objekte optisch sehr befriedigend neben Anne Maguires „Hautkrankheiten als Botschaften der Seele" stehn konnten; nicht umsonst heißt inkarnieren – verfleischlichen. „Die Grünen und die Religion" (wieso nicht grün, sondern weiß?) sowie Martin Stangls „Bunte Blütenpracht der Stauden" (eierschalenweiß) übermalte ich petersiliengrün. Annemarie Schimmels Sufismusbuch (grün) übermalte ich sandfarben. Über die abwaschbaren Anstreichflächen von Büchern über „Die Farben deiner Aura" setzte ich Ölgemälde verfließender Regenbögen. Weiße Chinabücher übermalte ich gelb. Weiße

Bücher über Okkultismus übermalte ich schwarz. „Überleben und Spätfolgen. Dachauer Hefte 8“ (weiß) übermalte ich schwarz. Heinz Höhnes „Geschichte der SS“ ließ ich schwarz.

Phase Nr. 7 – Neuordnung des Präsenzbestands nach Farben:

Nie würde ich Bücher alphabetisch ordnen. Adorno würde dann viel zu weit oben stehen, Handke viel zu griffbereit. Außerdem: Was hat Ingeborg Drewitz neben Dun-Nun al-Misri zu suchen? Adalbert Stifters Gattin sortierte die Bücher ihres Gatten nach Größe. Auch das System Eingangsdatum oder das System Sachgruppen brächte quälende Aporien mit sich. Für visuell sensible Bücherwürmer wie mich blieb nur eins übrig: sieben Bretter übereinander, ganz unten schwarze Bücher, darüber braune, dann grüne, blaue, rote, dann gelbe und ganz oben – sich auflichtend und harmonisch im Rauhfaserweiß der Zimmerdecke mündend – weiße Bücher.

Und schon renkte sich mein gestörtes Verhältnis zu weißen und roten Büchern ein. Optisch unschönste Einzelexemplare gingen im Abstufungsdschungel der Rot- und Weißtöne reizvoll auf – Henri Rousseaus Palette zeigte siebenhundert Grüntöne! Sofort jaulte Jojo auf:

„Aber wie willst du in so einem Chaos ein Buch wiederfinden?“

Kein Problem. Wenn ich von einem Buch nichts weiß, die Farbe weiß ich. Außerdem ging ich pro Farbe chronologisch vor. Mein erstes Buch in Safranistan: Gilgamesch als Reclamheftchen. Das stand sehr passend neben meinen in echten Bast eingebundenen „Dichtungen der Naturvölker“; diese wiederum neben dem goldenen „Lexikon der östlichen Weisheitslehren“. Nun folgten gelbe Bücher zum Thema Indien, denen sich vertikal rote, blaue, grüne Indienbücher anschlossen, inclusive „Goethe und der Mahajana-Buddhismus" (hellblau), so daß meine Sachgruppen sich in jede Richtung ausdehnten und trotzdem beieinander blieben. Auf das gelbgemalte Bücherbrett gelber Bücher stellte ich als Eckpfeiler eine Bienenwachskerze. Auf das grüngemalte Brett grüner Bücher stellte ich ein grünes Fläschchen ätherischer Öle.

Das Übereinander von Indienbüchern ging mengenmäßig glatt auf. Nur die Chinagruppe bescherte meinem System eine Belastungsprobe; ich besaß kaum blaue, grüne, schwarze Chinabücher. Der 1-m-Vorsprung schöner chinagelber Bücher war von Persien und der anschließenden Antike nicht mehr aufzuholen, wodurch sich in Richtung Mittelalter alles immer unausgleichbarer verschob und weiter hinten sogar ein und derselbe Autor qualvoll auf drei, vier Ebenen auseinander gerissen werden mußte: Lolita (rosa) landete bei Rot, die Nabokov-Werkausgabe zwei Bretter tiefer bei Braun, Ada bei Blau, „Gelächter im Dunkel" bei Weiß. Dieses Dilemma hatte schon im alten China begonnen: Einsam, wie das Nashorn wandelt, stand mein unübermalt pechschwarzer Laotse im schwarzen Exil, sechs Bretter unter seiner chinagelben Heimat.

Phase Nr. 8 – Leiden an Uneinsortierbarkeiten:

Bücher, die nirgendwo reinpaßten, machten rasend. Sowohl Gina Germinaras „Erregende Zeugnisse von Karma und Wiedergeburt", Knaur Esoterik (silbergrau), wie Dr. Tibor Riedl: „Unsinn der Ursachenforschung", haag+herrchen (abwaschbar schmutzigsilbern), landeten in der Verlegenheitsrubrik: „Mißfarbene Bücher", wo ein Batzen beige-, emaille-, khakifarbener, mausgrauer

Druckerzeugnisse landete. Zweifelsfälle häuften sich. Karamelfarbene Piper-Taschenbücher ließen sich bei Gelb oder Braun nicht recht unterbringen; für mißfarbene Bücher brüllten sie nicht mißtönend genug. Das spitzte sich zu bei Zweifarben-Büchern: Die obere Hälfte Wilhelm Buschs: giftgrün, die untere: knallorange, die obere Duden-Hälfte: ampelrot, die untere: UHU-Tubengelb. Hier wäre mit malender Angleichung wenig zu retten gewesen. Einzelfragen türmten sich zeitraubend und aufreibend auf Grundsatzprobleme. Bei Buchhändler Fischlein sah ich fast nur noch grüne Bücher: Folge des strapaziösen Zustands, daß grüne Bücher selten blieben und ich das nur halbbesetzte Grünland nicht mit weißrotem Überschuß auffüllen mochte. Allmählich begann ich den Wunsch Gustave Dorés mitzuwünschen, alles selbstillustriert in Standardformat vor sich stehn zu haben, obwohl natürlich sich hier ästhetischer Drang in das militärische Bedürfnis verwandelt, antretende Reihen zu überblicken, die Parade der Werkgruppen.

Fazit: Mein Drang zum schönen Buch verschärfte die Eigendynamik der Einsortierungsparadoxe.

Phase Nr. 9 – ästhetisches Ergötzen am Farbenmeer:

Neben meinen prismatischen Fächer-Exzessen sah eine herkömmliche Bücherwand beim Antiquar mit ihrem Gold auf Braun so altbacken aus: bloß schön, allzu a-priori-homogen, Edelrost mit Wurmstich und Stockfleck. Die Einheitskluft der Klassiker frevelte an deren inhaltlicher Polyphonie nicht minder als heutige TB-Reihen an eventueller Autoren-Individualität. Das Gogomobil des Hinayana-Buddhismus (bzw. des taschenbuchfeindlichen Suhrkamp Verlags von 1953) verbreiterte sich zum Mammut-Omnibus-Konvoi des Mahajana-Buddhismus (bzw. zum TB-Auswurf der späteren Unseldmaschine), zum Wimmelgötterhimmel aus Boddhisattvas, Zwischen-, Gegen-, Viertelgöttern, die alle mitfahren im aseptischen Regenbogen der edition suhrkamp, voll von farblos aufgesprungenen Wassertröpfchen und Schwarzfahrern, aufleuchtende Vorhut jetzt noch unerlöster Seelen, im Schulterschluß mit Halbgöttern, die eigentlich einen eigenen Farbenkreis ausstrahlen, runtergedrückt zum monochromen Teilbeitrag, Tropfen unter Tröpfchen, jede Welt keine Welt, jede Farbe ein Bruchteil der Gesamtuniform, Unterschiede abgeschliffen wie vom S. Fischer-Emblem, allwo drei Fische mit einer Bewegung umrissen, drei Augenkügelchen von präziser Linie ornamental gehindert werden, auseinander zu rollen ... zwar schwimmt der zweite Fisch gegen den Strom, den der erste und dritte erzeugen, doch hat die Firma nur dann Platz für Abweichungen, solange man im Netz bleibt, das die Umrißlinien der Fische bilden. Zwischentöne, Braunwerte usw. dürfen im offiziellen Regenbogen nicht mitschwimmen. Einzig in meinem System siebenfältiger Auffächerung darf kosmopolitischer Patchwork-Pluralismus Pfauenräder schlagen, und selbst das unansehnlichste Kelly-Family-Schweinchen schlecht gelumbeckter Glanzfolien-Broschur darf ebenbürtig mitsingen im Chorus ehrwürdigster Schinken. Selbst meine Outsider, nach Aussortierung schreiende Bruchstücke der Gattung, die Kaste der Mißfarbigen, erglänzt als eine irgendwie passende Melting-pot-Facette der Koexistenz-Universalversöhnung, Massenhochzeit gemeinschaftsbildender Valeurs und Verquirlungen aus Wurfbroschüren, Buchclub-Auswahlwerken in einem Band, Regierungserklärungen,

Programmheftchen, zugunsten vermehrungsfreudiger Breitwandtotalität, gestuft ausrollender Brandung orchestraler Synthesis –

Fazit: Hauptsache, besiegte Querstreifen drängen unter meiner totalitären Übermalung nicht unausrottbar hervor.

Phase Nr. 10 – Anwendung meines Systems auf mich selbst:

Sobald ich in Kohlwitzen oder vegetarischen Kochbüchern lese, oder in Oliver Sacks und Elisabeth Kübler-Ross, spüre ich wenig vom Gegensatz Design und Sein. Sobald ich zur dreibändigen Platonausgabe (kackbraun) greife, wird mein Körper zum Gefängnis meiner Seele. Wenn schon nicht mein Aussehn, so konnte ich mir wenigstens meine Schutzumschlaggestaltung selber aussuchen: schwarze Cordhose à la Bo Yin Ra. Zieh ich mein knallgelbes Hemd aus, kommt darunter eine unaufdringlichere Farbe zum Vorschein: hautfarbener Einband, der sich nicht weiter abpellen läßt und per Juckreiz Botschaften meiner Seele ausspendet. Adornos nostalgisches Lamento, die Bücher sähen heute nicht mehr aus wie Bücher, möcht ich erweitern: Die Menschen sehn immer noch so aus wie Menschen: hier wie da ein Panzer mit Schale, der ein Innenleben beieinander hält. Hier wie da Zellulose, auf der alles weitere aufbaut. Hier wie da Codierung des gehüteten Volumens, Geheimschrift. Falls ich kein vergeßlicher Typ bin, mauser ich mich pro Vita zu einem immer dickeren Buch, immer antiquarischer, dank zunehmender leichter Gebrauchsspuren.

Fazit: Meine im Körper eingesperrte Seele nimmt mit einer im Buch eingesperrten Seele Kontakt auf – ich les ein Buch. Meine Seele zieht aus einem großen Knast in einen kleinern – ich schreib ein Buch.

Phase Nr. 11 – Versuche, meine bisherige Sichtweise umzukrempeln:

Auch antiquarische Bücher sehen jederzeit so aus wie Bücher. Also muß ich den Reclamheftchen dankbar sein, daß sie Himmel und Erde der Klassiker runterholen auf die Erde, ohne groß zu grübeln, was bei dieser Transaktion übrigbleibt und flötengeht. Lernfähig begrüß ich die Griffmulden in Klappentexten, mit denen man Bücher als Blöcke kaufhoftütenförmig rumtragen kann. Ich zögere nicht, in den Schockfarben der Bücher die Balzfreude der Natur zu verehren, wie sie sich in Mandrillnase, Pavianarsch, Truthahngeklunker austobt. Und in weißen Büchern seh ich nicht länger die hochindustrielle Vorliebe für Frau Saubermanns Blendax-Zähne, sondern die Liebe zu Schneelandschaft, Yasmin, Kirschblüte, weißem Büttenpapier.

Phase Nr. 12 – expandierende Verschönerungsaktionen:

Alle Dinge dieser Welt, vom Leitz-Ordner bis zum PC, hielten mir das Beige, Emaille, Khaki uneinsortierbarer Bücher hin: Quasibeige, Gelblichgrau, Hellgräulich, Neutralgrau, Resopalbläßlich, Eternitweißgelb, Zentralkörperfarbe, Mittelsilbrig, Milch-Anthrazith, Rotzfarbe, Dunkelweißlich u.ä.m. Und schon zeigte meine Buchmalerei Auswirkungen. Eigendynamik vergrößerte meinen Drehwurm Buchverschönerung in Richtung Objektverschönerung. Nachdem ich alle Kürzel und Strich-Codes überpinselt hatte, rororo, dtv, D 355353, Hanser, wär es komisch gewesen, die ebenfalls aus meinem Haushalt grell hervorstechenden BASF, 50/60, Shamrock recording tape 1800 FT./549 m, Polyester, SONY, JFC MF-2DD, MICRO FLOPPY DISK unüberpinselt zu lassen. Ich begann meinen Büchern ein passendes Ambiente zu schaffen, also Lichtschalter, Videokassetten, CDs, Lampenschirme, Fenstergriffe ebenfalls zu übermalen. Meiner mattgrauen AEG Olympia 2000, samt ihrer Disketten, gönnte ich altpersische Erdtönen, schön durchwölkt von Goldocker, Lichtocker, Englisch Rot, Siena gebrannt, Krapplack, Zinnober und Zimt. Umso deutlicher blaßte und graute die ausgesparte Tastatur unerlöst vor sich hin.

Mein matthellgrauweißer Abfalleimer ließ das Massenprodukt-Flair, made in Bebra, hinter sich, wurde mit jedem Pinselstrich zur karamelfarben melierten Sehenswürdigkeit, zum seelisch angehauchten Unikat. Umso hausmausgrauer und entseelter stand anschließend das Telefon herum, das ich als Eigentum der Deutschen Bundespost so wenig zu übermalen wagte wie den neutralschwarzen Stromzähler.

Zwischenfazit: Schließlich stand mein Haus von innen durchgehend verbessert, verschönert, entglättet da. Umso hörbarer schrie mein gesamtes Haus (mausgrauer Rauhputz) nach Übermalung, jedenfalls an den vom Knöterich freigelassenen Partien.

Um nicht länger in der Abteilung mißfarbiger Dinge zu wohnen, avancierte ich vom Mieter zum Hausbesitzer. Ich übermalte – auf Leitern mich versteigend – alle grauen Teilflächen, hockte nun nicht länger in anorganisch gestrichener Zweckdose, sondern wohnte in einem atmenden Knusperhaus als Aquarell. Fotografierte Gesamtanblicke boten einen Paradiesgarten, kerngesünder, fremdkörperloser als damals meine Musteridylle Drückeberg. Als letztes mausgraues Relikt stach aus dem farbigen Märchen einzig die unbehandelte, sehr hoch gelegene Dachrinne knallgrau hervor. Vom goldocker übermalten Ex-Emailleweiß-Fenster aus war sie selbst mit verlängerten Langpinseln nicht ganz zu erreichen. Ich schleppte eine silbergleißende, aus den Fotos noch schlimmer hervorstechende, nach Übermalung schreiende Leiter herbei: mein unrettbar expandierendes Ästhetentum wurde zum Risikosport. Ansonsten aber lag mein Knusperhaus wundersam stimmig eingebettet in die Blütenpracht der Stauden und naturschönstes Waldpanorama. Umso störender knallte ab sofort nebenan das knallweiße Haus von Frau Laabs aus dem Waldpanorama hervor. Ja, ganz Allmuthshausen paßte farblich kaum noch zu meiner von grundauf unendlich verschönerten Merlinkate, so wenig wie mausgraues Nieselwetter.

Fazit: Plötzlich entsprach die ganze graue Welt meiner Ästhetik überhaupt nicht mehr.

Phase Nr. 13 – Pinsel auswaschen:

Ich will nicht blind bleiben für die Spätfolgen, die auf mich zukommen, wenn ich so weitermache. Immer aufdringlicher fiel mir der Buchtitel ins Auge: „Hör endlich auf damit!“ Ich spürte eine gewisse Zwanghaftigkeit in meinen Aktionen. Ja, ich seh es ein: Wenn ich links und rechts meines Grundstücks weiterzumalen versuche, wenn ich alles und jedes übermalenswürdig finde, computergraues Brückengeländer, Wasserhäuschen und Grillanlage, feldmausgrauen Asphalt, dann bin ich unversehens vom Ästheten zum ethisch sehr fragwürdigen Weltverbesserer geworden, wenn nicht zu Tschingis-Chan, zum alles eingemeindenden Mongolensturm, zur SS, zum Gelbmaler, zum Safranistan-Eroberer, zum Globalisierer im Sinne des Globusproduzenten Martin Waldmüller. Ich werde versuchen, eine Vollbremsung einzuleiten. Werde ich es schaffen?

Fazit: Ich muß mich, so sehr es mir widerstrebt, zurückstufen zum Privatier, der sich begnügt, seine bemalten Bücher nach Farben zu sortieren.

Luschert, mein Dölidel-Joker

Von frühauf spielte ich bei „Mensch ärgere dich nicht!" und „Fang den Hut!" nur ungern mit. Auch Rommé blieb mir fremd, trotz Joker, dem einzigen Lichtblick in der zweidimensionalen Kartenwelt. Höchstens für Schach gab ich mich her; zur Not Mühle. Aus den gesichtslosen Kegelköpfen der Einheitsbauern, hinter denen düster und anorganisch die Türme im Abseits standen, hoben sich schön gedrechselte, lackierte Springer hervor. Die eine sympathische Pferdchenhaftigkeit zeigten; jedenfalls obenrum. Ich spielte nicht schlecht Schach, vor allem gegen Eberhard. Trotz manch einer 4- in Rechnen und manch einer 5+ in Mathe.

Manchmal löste sich von der Unterseite einer Figur ein rundes grünes Filzscheibchen ab. Und hing, wenn der Läufer sein Feld wechselte, halb vom Rumpfsockel herab. Wochenlang fehlte im Arsenal ein schwarzer Bauer. Ich setzte für ihn einen Mühlestein ein, oder den Zwergbauern meines Miniaturschachspiels, der dann als Streichholz zwischen Mammutbäumen stand bzw. – weil mit Steckhalma verwandt – von vornherein umfiel. Oder ich nahm als Ersatzbauer ein völlig artfremdes Objekt aus der Kiste der Afrikatiere, eine Plastikpalme, ein Gummischweinchen. Baldmöglichst wurde es geschlagen, von Jojo, den die optische Unhomogenität der Partie sehr störte: „Das macht mich ganz kribbelig!" Und der sofort aufbrauste, wenn ich das geschlagene Schwein sofort wieder reinnahm ins Spiel, um einen noch ungeschlagenen Normalbauern rauszulegen. Der eigentliche Kampf kreiste weniger um den feindlichen König, als zunehmend um die Schicksalsfrage, ob das Schwein dabeisein und nicht dabeisein dürfe. Immer wieder fand es auf Umwegen zurück ins Schlachtgetümmel, um sich dort zum schweinchenfarbenen Nabel des Spiels raufzuarbeiten, zum eigentlichen König. Statt raffiniert vom bevorstehenden Schachmatt abzulenken, per bäuerlicher Kapriolen, lenkte das bunte Schwein mich, seinen Gönner, vom Endspiel derart gründlich ab, daß ich die Mordlust meines Läufers kaum ausnutzte. Und auch nicht die schwarze Dame heranbrausen sah. Sobald sich außerhalb der Spielzeit der wahre schwarze Bauer wiederfand, ließ ich ihn untertauchen.

Herrn Luschert hingegen, den Schwester Ingeborg manchmal mitbrachte, wagte ich nicht mit diesem Schwein zur Weißglut zu treiben. Er war zweiundsiebzig und ich zwölf. Über der entfalteten Partie wuchs ein rotes Kahlhaupt aus einem weißen Haarkranz, fast so rot wie ein Herzbube, weißer als jede Schachfigur. Obwohl er jedes Mal vor Spielbeginn freiwillig seine Dame rausstellte, um mir ein wenig Gewinnchance einzuräumen, gewann ausnahmslos jedes Mal er die seinerseits damenlose, meinerseits schweinchenlose Partie. Lieber spielte ich gegen Eberhard und Jojo Schach, oder auch später gegen den taubstummen Ali, der nur ein einziges Wort sprechen konnte: „Dölidel!" Und der die Figuren so fest aufs Brett schlug, daß ich gewaltig zusammenzuckte. Woraufhin Ali „Dölidel" sagte. Aus diesem Dölidel hörte ich ein „Sorry" heraus. Sowohl „Guten Tag" wie „Schach!" wie „Tschüs", alles hieß bei Ali: „Dölidel!"

Bald entschwanden Herr Luschert und Dölidel alias Ali meinem Gesichtskreis. Luscherts Name blieb mir haften, ein huschendes, als Mop oder Feudel eifrig hin und her wischendes, in allen Ecken herumnuschelndes Reizwort, immer wieder aufwärmbar, bis hinauf zu Kennmarke und Gütesiegel. Vor allem beim Literaturquiz, dessen wechselndem Schwierigkeitsgrad ich meine sekundären und primären Bezugsfiguren regelmäßig auszusetzen pflege. Um das Quiz nicht von vornherein einzuengen oder zu erleichtern, setz ich für alle Romanfiguren einen Dölidel-Joker ein, und der heißt Luschert. Eine zu ratende Prosa – unterster Schwierigkeitsgrad – klingt dann z.B. so:

„Luschert – so nennen wir einen reichen Baron im besten Mannesalter – Luschert hatte in seiner Baumschule die schönste Stunde eines Aprilnachmittags zugebracht, um frisch erhaltene Pfropfreiser auf junge Stämme zu bringen."

Oder ein ganz anderes Buch wird aufgeschlagen:

„Als Luschert dreißig Jahre alt war, verließ er seine Heimat und den See seiner Heimat und ging in das Gebirge. Hier genoß er seines Geistes und seiner Einsamkeit und wurde dessen zehn Jahre nicht müde."

Wer sowas nicht errät, kann sofort einpacken und aussteigen. Kenner aber wissen: Bei Beispiel 1 handelt es sich um den Anfang von Goethes „Wahlverwandtschaften", bei Beispiel 2 um den Anfang von Nietzsches „Also sprach Luschert".

Als Ich-Figur im „Moby Dick" sagte er gleich in der ersten Zeile:

„Nennt mich Luschert."

Als Oblomow erklomm – der sich lebenslang ins Bett legende – Luschert den mittleren Schwierigkeitsgrad. Ohne Eingewöhnungszeit stand speziell ihm jede neue

Rolle sofort zu Gesicht, nahtlos auf wechselnde Taillen gearbeitet, vom Pfuscher bis zum Luminosum, von Apollo bis Zwerg Nase, von Klein Zaches bis Abschaffel. Mit dem Luschert sich ob ihrer beider Vornamenlosigkeit verbunden fühlte. Von Rolle zu Rolle wurde Luscherts universale Einsetzbarkeit immer offenbarer: Als Leopold Bloom irrte er unstet durch Marburg alias Dublin. Wenn er kein Pfropfreis auf alte Baumstümpfe lötete, komponierte er Mammutsymphonien, des Titels: „Das Unvermeidliche", oder fahndete in Marburg alias Bergamo nach der Geheimvokabel LUSCH alias MOSCH.

Sobald neben Windmühlenaggressor Don Luschert, meinem göttlichen Dölidel-Joker, ein zweiter Mann ritt, klein und dick, trug der den Namen – richtig geraten! – Eduard. Bei mäßig hochgeschraubtem Schwierigkeitsgrad saßen sich Luschert (26, hellblond, hohlwangig, mit kleinem, spitzem, fast ganz weißem Bärtchen und blauen Augen) und Eduard (ca. 28, kleine Statur, schwarzes Kraushaar, graue, feurige Augen, breite, plattgedrückte Nase, backenknochig, schmallippig) im Zug gegenüber. Und der dritte Mann im Abteil (Pickel, Wodkanase) hieß (ohne lange nachzudenken) Zarathustra. Dies alles (hast du das wirklich nicht gewußt?) am Anfang von Dostojewskis „Idiot".

Nächste Runde, extra leicht, speziell für dich: Luschert und Eduard sitzen als Penner auf einer Parkbank und warten Stunde um Stunde auf ebendiesen Zarathustra.

Nächste Runde, kaum schwerer: L. kam spätabends in einem verschneiten Dorf an, ohne vom finsteren Schloßberg etwas zu sehen. Und seine prompt vollbärtigen Gehilfen hießen auch in diesem Fall – statt Arthur und Jeremias – Eduard und Zarathustra, in summa: ein blendend eingespieltes, vielseitig verwendbares, zudem in allerlei Reinkarnationslehren nicht unbewandertes Dreierpack, strapazierfähig und fungibel, kaum noch auseinanderzukriegen, nicht nur Triolisten – wahre Trioskuren, Herzbuben, frei nach Kastor, Pollux & Luschert.

Herzdamen hingegen vermag Luschert nicht sehr glaubwürdig vertreten. Anna Pawlowa Scherer aus Tolstois „Krieg und Frieden“ wie auch die weltberühmte Rosinante, auf der Don Luschert durch die La Mancha prescht, laufen demgemäß als Frau Luschert herum, die auch für Salome, Rotkäppchen, Leda, Luna, Dr. Schiwagos Lara und – sobald ich SPIEGEL-Artikel vorlese – sogar für Angela Merkel einspringen kann.

Hierzu ein Romananfang, ziemlich hoher Schwierigkeitsgrad:

„Ich wache auf und bin Frau Luschert. Neben mir in den champagnerfarbenen Seidenkissen – ist es Luschert, mein Ehemann und Erbe des britischen Königreichs? Ja, es ist Luschert. Er war schon beim Polo-Training, war leise gegangen, um mich nicht zu wecken, und nun liegt er wieder an meiner Seite, frisch geduscht.“

Wer das rät, hat ausgesorgt und sich vorher umfassend umgetan. Jawohl! Richtig! Gratuliere! So fängt Eva Hellers „Beim nächsten Mann wird alles anders“ an, wo am Anfang eine gewisse Constanze sich und ihren Albert unter den Decknamen Diana und Charles verbirgt.

Die häretische, subversive Überfremdung der Weltliteratur mit Luschert-Infiltraten führte zu nicht gerade dantetypischen Bildfolgen. Auch Eduard, Zarathustra, Dölidel, Frau Luschert, Angela Merkel u.v.m. drängten derart in jeden Vordergrund, daß Copyrightinhaber wie Dante usw. kaum noch spürbar wurden. Was mich nicht betrüben darf. Hauptsache, die Aufmerksamkeit der Quiz-Opfer wird von den wahren Namen optimal abgelenkt. Und Hauptsache, Luschert & Co. bilden weiterhin einen hochleistungsfähigen, von Eigendynamik strotzenden Allzweck-Drehwurm!

In Sachtexten beginne ich unterschwellig meinen guten Luschert zu vermissen. Erst dann kann ich mich wieder konzentrieren, wenn ich den Luschert doch noch irgendwie einschmuggele. Und schon heißt es in meiner Kulturgeschichte des Fleischerhandwerks von Jojo Metzler:

„Der Berufszweig des Luschert trägt nicht nur zur Ernährung der Menschheit bei, sondern beschäftigt auch einen Großteil der erwerbstätigen Bevölkerung."

Ach ja, ich bin nun mal sehr bindungsfähig. Im Sturzbach der Fungibilien brauch auch ich einen kleinen Halt. Alles flutscht von hinnen: Luschert steht als Fels im Geflutsche. Nur nahm hierbei Luschert ein wenig überhand. Irgendwann entging mir nicht, daß ich nur noch quizzte, um zu luschern, genauer: Jedes Quiz wurde zum Vorwand für mich, das Wort Luschert, das mir die Seele auslu . . . aussog, ständig aussprechen zu können. Und zum Anlaß für Luschert, gierig als Luschert hervorzulu . . . hervorzulodern. Auch außerhalb des Schwobenländles fand i das allmählig überhaupt idd mähr luschdigg.

Luschert geht mir auf den Keks. Ich muß ihn auch mal vergessen können, den Luschert. Luschert geht mir auf den Wecker. Ich muß mich abnabeln vom Luschert. Luschert geht mir auf den Geist. Ich muß umdenken in Sachen Luschert.

Jawohl: Nicht auf ewig wird es Luschert gelingen, sich in meiner Hirnrinde festzulutschen! Sorry, aber ich muß auf meine Gesundheit achten. Irgendwann werde ich Luschert vor die Tür setzen, falls Luschert das mit sich machen läßt . . . und zwar jetzt! Raus hier, Luschert!

Schach! Gardez! Und Schach! Tod dem Luschert! Und Schach! Nun ja, ich muß dich schlagen, um ein völlig anderes Schweinchen für dich einzusetzen. Denn . . . worauf bereits Luschert aufmerksam machte: „Es sind noch Namen zu finden jenseits der Luscherts" – genau! Z.B. der Name Rutschky oder Muschg!

Dort erzählt beim Glas Tokayer
Luschert (alias Lurchi) neue Abenteuer.

Und Schach! Und Matt!

Mein bester Dölidel-Joker, lieber Luschert! Die Zeit mit dir war schön, aber irgendwann möcht ich diesen Dölidel . . . diesen Dauerlolly aus dem Mund nehmen. Wir werden natürlich gute Freunde bleiben. Und wehe, wenn du versuchst, dich neu zu inkarnieren, z.B. als Kyselak. Oder als Zahir. Oder als Theo Riedl. Nein, der sagt mir nichts mehr, der ist weg vom Fenster, der ist leergeluschert.

Jetzt erst mal eine kleine Erholungspause. Tief durchatmen. Wie lange die Ablösungsphase wohl dauern wird? Hauptsache, jetzt nichts lesen. Sonst sitzen sofort wieder drei Mann in einem Boot: Zarathustra, Eduard und noch so einer. Keinesfalls Thomas Mann lesen, sonst fängt sofort Leverkühn mit L an. Keinesfalls Vladimir Nabokov lesen, vor allem nicht seinen total rückfälligen Buchtitel „Lushins Verteidigung". Der – auch das noch! – ausgerechnet von einem Schachgenie handeln muß, also nahezu wörtlich vom halbvergessenen, stets damenlos kämpfenden, inzwischen verstorbenen Ausgangsmodell Herr Luschert. Diesem Lushin erging es mit Schach, dem königlichen Spiel, wie es mir mit Dölidel-Joker Luschert ging: Wenn er etwas anderes sah als Schach, z.B. eine Linde im Sonnenlicht, dann schlug er sie per Springerzug mit jener Telegraphenstange dort drüben.

Keinesfalls zur Philosophie fliehen! Auch dort heißen die Verfasser mehr oder weniger Luhmann oder Lukacs! Nietzsches Freundin Lou Andreas-Salomé muß natürlich ebenfalls – o Gott! – mit Lou anfangen!

Da hilft nur eins: alle Bücher zuschlagen! Ich stülpe mir zur Beruhigung den Discman über . . . und schon fängt sowohl Ludwig van Beethoven wie Louis Armstrong ebenfalls mit Lu an!

Kaum flieh ich in andere Sprachen, heißt jede sumpfige Wiese auf tschechisch Luschi, jede Pfütze auf wendisch Luscha, ein Berg der Provinz Kiangsi Lu-shan, und auf persisch jeder Luschert Rushdie.

In meiner Not rief ich Herbert an. Der es immerhin schaffte, mit Nachnamen nicht ebenfalls Luschert zu heißen, sondern erlösenderweise Müller, und der gleich mal vorbeikam, mit einem Büchlein im Korb, um die Farb-Kärtchen seines von Prof. Dr. Max Lüscher entwickelten Lüscher-Tests vor meinen Augen auszubreiten und in meiner aktuellen Psyche „als quälend widrig empfundene Zustände" aufzustöbern. Und mir wie immer drei Bedenklichkeitskreuze anzuhängen.

Auch Prof. Lüscher ist der Ansicht: Ich sollte loskommen von Luschert. Ich muß endlich mal ein paar Schritte tun, ohne ihn. Ohne Luschert. Ohne meinen Dölidel-Joker Luschert.

Vielleicht sollte ich so nah herangehen, an meinen Luschert, daß er verschwimmt und abebbt. Schon steigt ein Teil von ihm, sein Kahlhaupt, gewaltig aus dem panoramafüllenden Haarkranz mir entgegen! Lebe wohl, Luschert! Und drohe nicht ständig mit Wiedergeburt!

Unternehmen Theo Riedl

Heute mußte ich öfters an den Philosophen Niklas Luhmann denken, also habe ich begonnen ihn zu lesen. Ich nahm „Soziale Systeme“ und fing vorn an:

„Die Soziologie steckt in einer Theoriekrise.“

Hier stockte ich schon, ohne daß ich dafür Luhmann verantwortlich machen kann. Mein Schreibbedarfhändler heißt halt kaum anders als Ex-Bundesfinanzminister Theo Waigel bzw. als Ursachenforscher Dr. Tibor Riedel, nämlich Theo Riedl, ein Name, der zur Unzeit herbeigezogen wird von Theoriekrisen, von denen Theo Riedl wenig ahnt. Genauso wenig wie Luhmann von der Existenz des Namensvetters Theo Riedl, der dank Luhmanns „Grundriß einer allgemeinen Theorie“ förmlich zu deren Animus aufschwillt, und das nur, weil allgemeine Theorie in meinem Neocortex derart dicht neben speziell Theo Riedl abgespeichert wird, daß auch Luhmanns nächster Satz keine Chance hat, untangiert an Theo Riedl vorbeizukommen:

„Eine im ganzen recht erfolgreiche empirische Forschung hat unser Wissen vermehrt, hat aber nicht zur Bildung einer facheinheitlichen Theorie geführt.“

Anders gesagt: Der Theoretiker Niklas Luhmann und der Empiriker Theo Riedl arbeiten mirzuliebe erfolgreich zusammen, und das durchaus facheinheitlich.

Nicht daß die anschließenden Luhmannsätze mir irgendwie zu hoch wären, um nicht zu sagen: zu theoretisch, doch vermisse ich in ihnen das ab sofort geradezu süchtig machende Wort Theorie. Da! Ein neuer Abschnitt winkt mit neuem Glück:

„Dieses Dilemma hat den Theoriebegriff gespalten."

Was ich inhaltlich bestreiten muß. Luhmann steht – im Gegensatz zu mir – dem Theoriebegriff unbelastet, um nicht zu sagen: ungespalten gegenüber, braucht sich beim Rühren seiner trocknen Suppe zusätzliche Assoziationen weder zu verkneifen noch zu gönnen. Er ist sich nur – als Folge einer Art Selbsteinschränkung – des einen Triebs bewußt, den andern lernt nur Theo Riedl kennen, auch wenn Luhmann zwei, drei Sätze weiter noch so sehr zwei Richtungen postuliert:

„Ein Mindesterfordernis ist zwar beiden Richtungen gemeinsam: Eine Theorie muß Vergleichsmöglichkeiten eröffnen."

„Im übrigen ist jedoch umstritten, durch welche Art von Selbsteinschränkungen man sich das Recht verdienen kann, sein Unternehmen Theo Riedl zu nennen."

Ö? Wie bitte? Frechheit! Seit wann garniert Theo Riedl nicht nur meinen Gedankenfluß, sondern usurpiert bereits von innen her Luhmanns Theoreme? Vorsicht! Drewermann ist Theologe! Und Musiker heißen Theodorakis. Hauptsache, keiner verdächtigt mich, einer Art Selbsteinschränkung zu unterliegen und einseitig mit Riedl gegen Luhmann anzurennen: Kaum steh ich einsam zwischen den Wegwerfstiften, Karbonbändern und Farbkopierern im Fachgeschäft des Kleinunternehmers Theo Riedl, steigt mein Bedürfnis nach rein theoretischem Diskurs zum Thema selbstreferentielle Theoriesyndrome steil an und ich sehne mich nach Luhmann- und Dr. Riedel-Lektüre. Dieses Dilemma hat meine Spaltung vergrößert.

Einerseits bringt Theo Riedl neue Dimensionen in den philosophischen Diskurs der Gegenwart, andererseits steht sein Mitschwingen jeder seriösen Rezeption überall im Weg. Einerseits wird Niklas Luhmann ohne seine Zwangsverheiratung mit Theo Riedl von jeder Doppelbödigkeit im Stich gelassen, andererseits kühlt jeder Drehwurm sich in Richtung Nullpunkt ab, spätestens auf S. 660:

„Einerseits muß die Theorie damit rechnen, daß sie als ihr eigener Gegenstand auftaucht."

Andererseits will jeder Theo Riedl irgendwann mal ins Bett. Und untertauchen, unbelastet von den Nachstellungen, Ambitionen, Obsessionen und Anstrengungen der Theorie.

Die Dinge singen hör ich so gern

FRAU BEUTEL-KNAAK: Meine Damen und Herren, ich darf Sie ganz herzlich begrüßen – wie jeden Donnerstag – hier bei uns im Studio Marburg. Am philosophischen Quartett nehmen – wie üblich – teil: der Freiburger Philosophiedozent Dr. Martin Heidegger, der Dichter Arno Schmidt sowie meine Wenigkeit, die ich heute schon zum zweiten Mal für Herrn Luschert einspringe – und natürlich last but not least heißt heute unser Überraschungsgast – Sie werden es kaum glauben ... Applaus für: Rainer Maria Rilke. Unser Thema heute soll sein, gemäß unserer Ankündigung: „Der Ding-Begriff im Lichte unserer Erfahrung". Wenn ich vielleicht Sie, Herr Prof. Heidegger bitten darf, ein paar einführende Worte in die Dimensionen des abendländischen Ding-Begriffs, wie er seit Platon usw. Bittesehr ... wir harren gespannt „der Dinge", die da kommen werden ...

MARTIN HEIDEGGER: ... müssen wir zunächst das Dinghafte des Werkes in den Blick bringen. Dazu ist nötig, daß wir hinreichend klar wissen, was ein Ding ist. Nur dann läßt sich sagen, ob das Kunstwerk ein Ding ist, aber ein Ding, an dem noch anderes haftet; erst dann läßt sich entscheiden, ob das Werk im Grunde etwas anderes und nie ein Ding ist.

FRAU BEUTEL-KNAAK (*guckt aufmunternd in die Richtung Arno Schmidt, der aber nur grimmig vor sich hin stiert*): ... eine Wortmeldung zu meiner Linken?

MARTIN HEIDEGGER: Was ist in Wahrheit das Ding, sofern es ein Ding ist? Wenn wir so fragen, wollen wir das

Dingsein – die Dingheit – des Dinges kennenlernen. Es gilt, das Dinghafte des Dinges zu erfahren.

ARNO SCHMIDT: Am schnalzendsten schlägt der Aberwitz die rollenden Wahnsinnsaugen auf, wenn Stifter an sein Lieblingswort ‚Ding' gerät. – Schon früh hat eine alte Frau verkündet, „daß aus Heinrich einmal große Dinge werden würden"; wobei, abgesehen von dem völlig überflüssigen Plural, festgehalten sei: daß ein Mensch eben kein ‚Ding' ist!

FRAU BEUTEL-KNAAK: Wie ja die Formulierung „ein dummes Ding" . . .

MARTIN HEIDEGGER: Der Mensch ist kein Ding. Wir heißen zwar ein junges Mädchen, das an eine übermäßige Aufgabe gerät, ein noch zu junges Ding, aber nur deshalb, weil wir hier das Menschsein in gewisser Weise vermissen und eher das zu finden meinen, was das Dinghafte der Dinge ausmacht.

FRAU BEUTEL-KNAAK: Wobei allerdings der Adornosche Verdinglichungsbegriff, wie ich meine . . .

MARTIN HEIDEGGER: Wir zögern sogar, das Reh in der Waldlichtung, den Käfer im Gras, den Grashalm ein Ding zu nennen. Eher ist uns der Hammer ein Ding und der Schuh, das Beil und die Uhr. Aber ein bloßes Ding sind auch sie nicht.

RAINER MARIA RILKE (*zierlich einen kleinen Finger hebend*): Das Ding ist bestimmt, das Kunst-Ding muß noch bestimmter sein.

FRAU BEUTEL-KNAAK: Ein erstes Zwischenergebnis des Abends scheint sich abzeichnen zu wollen: In der Betonung der zentralen Bedeutung, die der Ding-Begriff in (*zu Heidegger:*) Ihrem und auch (*zu Rilke:*) Ihrem Denken spielt, scheinen sich – bei aller Verschiedenheit von Herkunft und Denkansatz – zwei ansonsten sehr disparate Köpfe zu finden: nämlich Rainer Maria Rilke und Martin Heidegger. Doch schon regt sich, scheint mir, Widerspruch, seitens – ja, bitte, Herr Schmidt:

ARNO SCHMIDT: Alle suchen bienig „Kunstdinge". Bilder erscheinen dem Helden „gewissermaßen als kostbare Gegenstände, die da sind, und auf denen sich Dinge befinden."

FRAU BEUTEL-KNAAK: Wobei ich hier kurz anmerken möchte, daß nicht nur Adorno das Kunstwerk als ein Ding definierte, welches tendenziell die eigene Dinghaftigkeit abstreift, sondern daß bereits Hans Heinz Holz auf Rilkes Kunst-Ding-Begriff einging – ich zitiere: „Logisch gesprochen erweist sich der Unterschied von Ding und Kunstwerk – oder ‚Kunst-Ding', wie Rilke sagte – als ein Selbstunterschied des Kunstwerks: dieses ist, seiner stofflichen Beschaffenheit nach, ein Ding wie jedes andere Ding . . ."

MARTIN HEIDEGGER: Worin besteht nun das Dinghafte dieser Dinge? Aus ihnen muß sich die Dingheit der Dinge bestimmen lassen. Die Bestimmung setzt uns instand, das Dinghafte als solches zu kennzeichnen.

ARNO SCHMIDT: Es gibt Seiten im Nachsommer, auf denen siebenmal dies berüchtigte ‚Ding' herumaustert. Selbst in der einzig=ledernen Szene der Liebeserklärung darf es zwanzigfach=ungeschlachten nicht fehlen. Und wenn er, immer wiederkehrend, wieder einmal ein Bäckerdutzend Details aufgetischt hat – schickt er unvermeidlich und erbarmungslos ein „und andere Dinge" hinterher.

FRAU BEUTEL-KNAAK: Kein Wunder, daß man – wenn so verschiedene Naturen zu einer Gesprächsrunde zusammenkommen – um gewisse Verständigungsprobleme nicht umhinkommt. Jeder von Ihnen verbindet mit dem Wort „Ding“ Vorstellungen, die sich naturgemäß nicht ganz zu Deckung bringen lassen. Um hier erst einmal reinen Tisch zu machen und das Gespräch auf eine grundsätzliche Ebene zu heben . . . :

MARTIN HEIDEGGER (*demonstrativ seine Kaffeetasse in die Luft haltend*): All dies muß in der Tat ein Ding genannt werden, wenn man sogar auch jenes mit dem Namen Ding belegt, was sich nicht wie das soeben Aufgezählte selbst zeigt, d. h. was nicht erscheint. Ein solches Ding, das nicht selbst erscheint, ein „Ding an sich“ nämlich, ist nach Kant z. B. das Ganze der Welt, ein solches Ding ist sogar Gott selbst. Dinge an sich und Dinge, die erscheinen, alles Seiende, das überhaupt ist, heißt in der Sprache der Philosophie ein Ding.

FRAU BEUTEL-KNAAK: Wenn jetzt Georg Wilhelm Friedrich Hegel unter uns wäre, würde er vermutlich behaupten, daß das Ding-an-sich in Beziehung auf eine ihm äußerliche Reflexion stehe, worin es mannigfaltige Beziehung habe; und daß dies das Abstoßen seiner von sich selbst ein anderes Ding-an-sich sei.

RAINER MARIA RILKE (*randständig um passende Worte ringend*): . . . und ein Thätiger mußte es sein, der nicht redet und der Dinge thut ohne Unterlaß.

FRAU BEUTEL-KNAAK: Wobei gesagt werden muß, daß Rilkes Freundin Lou Andreas-Salomé sehr einfühlsam auf Rilkes Ding-Kult einging . . . ich darf zitieren aus einem Brief von Lou an Rilke: „Denn je künstlerischer man das Leben ansieht, desto mehr drängt sich auch sehnsüchtig der Dinge Vollkommenheit herauf, und von jeglichem Ding fühlt man: eines ganzen Lebens Schöpferkraft ist’s wert.“

MARTIN HEIDEGGER: Doch vor allen Bedenken sagt uns schon der wache Aufenthalt im Umkreis von Dingen, daß dieser Dingbegriff das Dinghafte der Dinge, jenes Eigenwüchsige und Insichruhende nicht trifft. Bisweilen haben wir noch das Gefühl, daß seit langem schon dem Dinghaften der Dinge Gewalt angetan worden und daß bei dieser Gewaltsamkeit das Denken im Spiel sei, weshalb man dem Denken abschwört, statt sich darum zu bemühen, daß das Denken denkender werde.

RAINER MARIA RILKE *(zur Laute, die er zufällig dabei hat)*:

Ich will immer warnen und wehren: Bleibt fern.
Die Dinge singen hör ich so gern.
Ihr rührt sie an: sie sind starr und stumm.
Ihr bringt mir alle die Dinge um.

MARTIN HEIDEGGER: In dem jetzt genannten Dingbegriff liegt nicht so sehr ein Überfall auf das Ding als vielmehr der übersteigerte Versuch, das Ding in eine größtmögliche Unmittelbarkeit zu uns . . .

PETER HANDKE (*kurz zur Tür reinguckend*): In der Idee des Dings berühre ich, gleichsam mit Händen zu fassen, ein Gesetz: So wie das Ding im Augenblick sich zeigt, so ist es nicht bloß, so soll es auch sein.

ARNO SCHMIDT: Wenn heutzutage ein Autor dergleichen ‚Dinge' schriebe: steinigen würde man ihn!: Und mit Recht!

PETER HANDKE: Und noch mehr: Das Ding erscheint in solch fundamentaler Müdigkeit nie nur für sich, sondern immer zusammen mit anderen, und wenn es auch nur wenige Dinge sein mögen, ist am Ende alles beieinander.

ARNO SCHMIDT (*sich aggressiv ein Hefestück reindrückend*): Ein Vandale haust in Logik und Sprache!

FRAU BEUTEL-KNAAK: Doch die „Ding-Front“, wie ich sie mal nennen möchte und gegen die Arno Schmidt einsam anrennt, ist jetzt nicht mehr aufzuhalten, wie mir scheint ...

MARTIN HEIDEGGER: Alles, was sich an Auffassung und Aussage über das Ding zwischen das Ding und uns stellen möchte, muß zuvor beseitigt werden.

RAINER MARIA RILKE: Nur die Dinge reden zu mir. Rodins Dinge, die Dinge an den gothischen Kathedralen, die antikischen Dinge – alle Dinge, die vollkommene Dinge sind. Sie weisen mich auf die Vorbilder hin; auf die bewegte lebendige Welt, einfach und ohne Deutung gesehen als Anlaß zu Dingen.

MARTIN HEIDEGGER: Das Zeug hat eine eigentümliche Zwischenstellung zwischen dem Ding und dem Werk ...

FRAU BEUTEL-KNAAK: Vielleicht führt die Einführung des Zeug-Begriffs an dieser Stelle vielleicht doch etwas zu weit ... Herr Heidegger ...

ARNO SCHMIDT: Aber zurück zu den ‚Dingen‘: von dem hypothetischen Liebhaber seiner Schwester verkündet Heinrich „Er wird ein Ding sein, das sich in dem Hause allmählich gestaltet“: herzbrechend lustig ist es, dergleichen sagenhaftes Gefasele zu lesen!

ADALBERT STIFTER (*guckt aus dem Hintergrund hervor*): Gott hat der Ausübung der Tugend einen eigenen Reiz geben, welchen Dingen die edlen Gemüter nachstreben.

RAINER MARIA RILKE (*auf Stifter deutend*): Da es ihm gegeben ward, Dinge zu sehen in allem, erwarb er die Möglichkeit: Dinge zu bauen.

LOU ANDREAS-SALOMÉ (*plötzlich neben Rilke*): Dann schuf er Tag und Nacht daran, daß nichts mehr in ihm als Gespenst umginge, unruhig und fordernd, sondern daß es still werde für das Sein seiner Dinge.

RAINER MARIA RILKE: Und je mehr die Dinge um ihn wuchsen, desto seltener sind die Störungen ...

MARTIN HEIDEGGER: Das Ding selbst muß bei seinem Insichruhen belassen bleiben.

RAINER MARIA RILKE: Aber dem Wichtigsten reißt er sich auf, und ganz offen ist er wenn er bei Dingen ist, oder wo Thiere und Menschen ihn still und wie Dinge berühren.

ADALBERT STIFTER (*an Rilke vorbeiguckend*): Sicherheit und Vornehmheit ist nur ein Ding, welches man lernt.

ARNO SCHMIDT: Erstens sind es zumindest zwei Dinge; und außerdem sind es eben keine Dinge sondern Abstrakta!

RAINER MARIA RILKE: Und heute ist diese Eigenart in ihm so stark geworden, daß man fast sagen könnte, das Aussehen seiner Dinge sei ihm gleichgültig ...

MARTIN HEIDEGGER: Das bloße Ding ist eine Art von Zeug, obzwar das seines Zeugseins entkleidete Zeug. Das Dingsein besteht in dem, was dann noch übrigbleibt.

RAINER MARIA RILKE: ... aus dem Anfang einer Ahnung schon hat er Dinge gemacht und hat sie um sich gestellt, Dinge und Dinge; so wuchs um ihn eine Wirklichkeit, eine weite stille Verwandtschaft von Dingen, die ihn mit anderen und älteren Dingen verband, bis er selbst aus einer Dynastie großer Dinge zu stammen schien ...

MARTIN HEIDEGGER: Es bleibt fraglich, ob auf dem Wege des Abzugs alles Zeughaften das Dinghafte des Dinges jemals zum Vorschein kommt.

FRAU BEUTEL-KNAAK: Meine Damen und Herren, wir sind am Ende unserer Zeit angekommen ...

RAINER MARIA RILKE: Irgendwie muß auch ich dazu kommen, Dinge zu machen.

MARTIN HEIDEGGER: So kommt es, daß die herrschenden Dingbegriffe uns den Weg zum Dinghaften des Dinges sowohl, als auch zum Zeughaften des Zeuges und erst recht zum Werkhaften des Werkes versperren.

FRAU BEUTEL-KNAAK: Ich darf mich bei allen Beteiligten ganz herzlich bedanken, und freue mich, daß sich an einem recht abstrakten Begriff eine so lebendige „Ding-Debatte" entzünden konnte und daß sich unser philosophisches Quintett so unverhofft weitere Überraschungsgäste unter uns begrüßen durfte. Aber in der Philosophie ist halt kein Ding unmöglich. Nochmals ganz herzlichen Dank in die Runde, hier aus Marburg, und einen guten Abend.

Weiterführende Literaturhinweise:

Martin Heidegger: Die Frage nach dem Ding
Franz J. Wagner: Das Ding
Howard P. Lovecraft: Das Ding auf der Schwelle
Alan D. Foster: Das Ding aus einer anderen Welt
Sarah Kirsch: Erklärung einiger Dinge
Ulrich Greiner: Der Stand der Dinge
Simone de Beauvoir: Der Lauf der Dinge
Mihaly Csikszentmihalyi: Der Sinn der Dinge
Eugen G. Winkler: Die Dauer der Dinge
Kurt H. Biedenkopf: Die neue Sicht der Dinge
Michel Foucault: Die Ordnung der Dinge
Peter Maiwald: Guter Dinge
Karl Heinrich Waggerl: Liebe Dinge
Ingrid Emmelius-Bierling: Ganz einfache Dinge
Vladimir Nabokov: Durchsichtige Dinge
Jean Paul Sartre: Der Mensch und die Dinge
Marie Luise Kaschnitz: Menschen und Dinge
Otto Weininger: Über die letzten Dinge
Friedrich Nietzsche: Von den ersten und letzten Dingen
Robert Holbaum: Von den kleinen Dingen
Jörg Zink: Der große Gott und unsere kleinen Dinge
Franz Marc: Die Dinge reden
Norbert Lohfink: Hinter den Dingen ein Gott
Ignatius von Lyola: Gott suchen in allen Dingen
Leni Behrendt: Es ist das Herz ein traurig Ding
Graham Greene: Das Herz aller Dinge
Hazrat Inayat Khan: Das Lied in allen Dingen
Friederike Mayröcker: Das Herzzerreißende der Dinge
James S. Trefil: Reise in das Innerste der Dinge
Ror Wolf: Ausflug an den vorläufigen Rand der Dinge
Nicolaus Bornhorn: America oder Der Frühling der Dinge
Der Vetter aus Dingsda
Wolfgang Kirchner: Das Ding muß mit
Nicolas Freeling: Ein verdammtes Ding nach dem anderen
Adalbert Stifter: Die fürchterliche Wendung der Dinge
Erich Fried: Das Unmaß aller Dinge
Erhart Kästner: Der Aufstand der Dinge

Kyselak

Aus allen Tuschelgrüppchen zischte ein Wort hervor, das ab und zu als „Kyselak“ entziffert werden konnte. Auf etlichen öffentlichen Gebäuden stand in knallroter Schrift ein hingeschmiertes „Kyselak“, ohne jede hinzugefügte Zusatzbotschaft. Auch auf zahllosen Abörtern fand sich ein „Kyselak“. Nur wußte keiner so genau, was Kyselak eigentlich heißen sollte. Ordnungsämter hatten alle Hände voll zu tun, die Kyselak-Grafitti zumindest im Stadtzentrum ständig zu übermalen. Polizei versuchte herauszukriegen, wer dahinterstecke.

Man läutete und pochte in der Soundsogasse. Dort wohnte ein Männlein, unauffällig, wortkarg, das hieß zufällig „Kyselak“. Meist war dieser Kyselak aushäusig, also doch wohl unterwegs mit Tusche und Schablone, bei Nacht und Nebel, um seinen Namen überall hinzupinseln, hinzustempeln, die Welt zu überschwemmen mit Kyselak. Etliche Kyselakbeobachter setzten sich auf Kyselaks Spur, doch niemand erwischte den Kyselak je beim Kyselak-Pinseln. Unterdessen sangen Spatzen und Schwalben von Dächern und Kirchtürmen: „Kyselak“.

Gewagte Erklärungen und Spekulationen keimten. Manche meinten, Kyselak wolle sein ungetreues Liebchen so pausenlos wie möglich an den Vorgänger seines Nachfolgers erinnern, eben an Kyselak. Andere meinten, Kyselak wolle weltberühmt werden, wisse aber nicht, wodurch. Andere wollten gehört haben, eine im Suff geschlossene Wette, sich innerhalb von drei Jahren landesweit herumzusprechen, zwinge Kyselak zu diesem fieberhaften Tun.

In Feuerfontänen und Leuchtsternen der Volksfeste leuchtete Kyselak in Rotbuchstaben auf. Hatte der allseits verlachte und bejubelte Kyselak wirklich, wie hinterher Famas dumpfe Lästerzungen behaupteten, die Feuerwerker bestochen?

Da ward eines Tages ein Pudel, der an einer Litfaßsäule das Bein hob, eingefangen. Im Kraushaar fand sich ein kunstvoll hineingeschnittenes, halb zugewachsenes Kyselak. Damit war der Beweis erbracht. Das inzwischen hochgeläufige „Kyselak" stammte tatsächlich von jenem scheuen Mitbürger aus der Soundsogasse! „Kyselak ist tatsächlich Kyselak!" Das schlug ein. Das prangte tagsüber von allen Litfaßsäulen; nachts wurde das heimlich überpinselt, pro Litfaßsäule mit einem handschriftlich drübergekrakelten „Kyselak".

Ein prachtvoll versiegelter Brief kam bei Kyselak an. Kyselak erhielt eine Vorladung zum König persönlich. Der sah ein graues, schiefes Männlein eintreten, winkte es näher heran, staunte über die geringen Körpermaße des Kyselak, zeigte lächelnd Verständnis für Kyselaks Umtriebe, klagte aber über die Kosten der überall nötigen Neuverputzungsarbeiten, kurz: der König zieh Kyselak groben Unfugs und verwarnte ihn ernst. Reumütig nahm Kyselak den Tadel entgegen, verließ den Empfangssaal, auf dessen Schreibtisch wenig später der König einen Zettel fand. Auf dem stand ein beiläufig hingekritzeltes Wort: „Kyselak".

Ab da ging der Siegeszug des Kyselak erst richtig los. Kyselak tauchte jetzt, samt seinem partiell immer wieder freigeschorenen Pudel, nirgendwo mehr persönlich auf. Sympathisanten zogen los, fleißige Propellerchen der Pusteblume Kyselak, die immer flächendeckender durch Berg und Tal wehte, und frischten verblassende Schriftzüge auf, mit spritzenden Pistolen und sprühenden Dosen, signierten selber mit Kyselak, bohrten, löteten in bunte Steine, Bergkristall und Turmalin. Kyselak-Sagen kursierten, Kyselak-Legenden und -Anekdoten, Kyselak-Kaffeeklatsch. Überall gab es Kyselak-Andenken zu kaufen, und Kyselak-Maskottchen. Aus keinem Textilium war der Fleck Kyselak mehr herauszureiben. Kyselak-Kultur blühte auf. Der Name, den Kyselak sich gemacht hatte, lautete Kyselak, und noch mal Kyselak, und noch und nöcher Kyselak, und permanent und jederzeit Kyselak, und immerdar Kyselak.

Selbst in menschenleerer Bergwelt – so berichteten etliche Wandersleut – finde sich auf Bäumen und Felsplatten „Kyselak" verewigt, meist weithin sichtbar, teilweise unzugänglich auf problematischen Steilwänden und unbestiegenen Gipfeln, ja sogar in unbeleuchteten Höhlen, wo das Wort „Kyselak" nun wirklich keine Chance hatte, entdeckt zu werden. Die Bergwelt hallte wider vom Echo Kyselaks.

Hans Metaphysicus wischte alle bisherigen Kyselak-Theorien vom Tisch. In seiner Kyselak-Phänomenologie verfocht er die Hypothese, Kyselak betreibe seine Kunst um der Kunst willen. Die Markenbezeichnung „Kyselak" mache für den Namen Kyselak zwar Reklame, doch nirgendwo könne man KYSELAK-Artikel kaufen. Kyselak profitiere also von seinem omnipräsenten Kyselak überhaupt nicht. In diesem Sinne verwandte Hans Metaphysicus Worte wie „autoperpetuierende Großkampagnen", „public relation", „action-art", „Verweischarakter", „Symbolwert", „Selbstreferentialität" und „The medium the message."

Immer lauter tröteten alle Posaunen ihre Forderung heraus, Kyselak endlich totzuschweigen. In den Gästebüchern unterzeichnete bald kaum noch ein anderer Übernachtungsgast als Kyselak. Klosprüche lauteten jetzt: „Nicht nur Gott ist überall, auch Kyselak ist überall!“

Kyselak war aber nicht nur überall, sondern sogar everywhere. Kyselak war sogar dort, wo er nachweislich nie war. Kyselak breitete sich weltweit schneller aus als Gürtelrose, Kakerlakenboom, Christentum, Metallgott Toyota und Mausmaschinen, sogar schneller als Amerika, das kurz nach seiner spätesten Entdeckung bloß einen überschaubaren Waldflecken bezeichnet hatte. Kein Nordpol, wo nicht der Erstbesteiger mit hängender Zunge ankam und nicht von Kyselaks „Bin schon da!“ begrüßt wurde. Kein Klospruch „Kyselak ist tot!“, der nicht mit einem „Kyselak lebt!“ überpinselt wurde. Wenn es damals schon Flugzeuge gegeben hätte, wäre Kyselak sogar an Hochplateaus ablesbar gewesen, in Großschrift quer durchs Gebirge geschrieben, jeder Buchstabenbalken eine ausgezogene Bergschlucht. Bergsteiger, die in Gletscherspalten rutschten, erfroren mit Blick auf den ins ewige Eis geritzten Kyselak.

In Hindustan kam Kyselak als Kilbischika an. In China kam Kyselak als Kiao-lung an. An der Elfenbeinküste kam Kyselak als Kulo Tyelo an. In Australien kam Kyselak als Kunapipi an. In Etruskien kam Kyselak als Usil an. Irgendwann mußte Kyselak, allen Berechnungen zufolge, seit über hundert Jahren tot sein. Da wurden im prähistorischen Japan römische Münzen ausgegraben und im Ötztal ein Felsbrocken, auf dem „Kise Lak“ stand.

Irgendwann war Kyselak nur noch mühsam mit Kyselak identisch. Vom Flugzeug aus erschien sein verwitterter Namenszug eher wie Zufallskonfiguration. Urgroßväter wollten Urenkeln etwas lallen, kamen aber nicht mehr auf den Namen. Die Schluchten, die sich jahrtausendelang ein „-yselak" zugeworfen hatten, sackten nach unten weg. Echo lag harthörig zwischen Bächen, Steingeschiebe und Wasserfällen, die sich tiefer fraßen. Wald verwandelte sich in Geröllfelder. Die große Glocke, an die mal was gehängt wurde, hing mit Sprung und ohne Klöppel. Auf irgendeinem Brocken stand noch ein Weilchen lang ein angebröckeltes K oder ein übermoostes Y. Metallgott Toyota verrostete. Die Kyselakitis heilte ab.

Sabi-wabi

Steig mir bis an die Kniekehlen, sabi-wabi! Bis an den Hals, o mein sabi-wabi! Komm, sabi-wabi, über mich! Rausch über mir hinweg, sabi-wabi, schleif mich unmerklich mit . . . fallen lassen könnte ich mich in dich, in dein sabi-wabi, hinein in sabi-wabi!

Verzeih mir, sabi-wabi. Ich weiß, man darf hinter sabi-wabi kein Ausrufezeichen setzen. Nicht großschreiben darf ich das für jede Großschreibung viel zu zartgebaute sabi-wabi.

Meine Seele würde ich für sabi-wabi verscherbeln. Sowieso werde ich ganz klein vor sabi-wabi. Für sabi-wabi ist selbst die kleinste Kleinschreibung ein viel zu starker Kapok alias Tobak. Für sabi-wabi schmisse ich mich in den Müll. Hineinspachteln ließe ich mich in den Fleischwolf einer defekten Tierkörperbeseitigungsanstalt . . . only für sabi-wabi.

Links und rechts tropft alles andere ab . . . alle Ohrwürmer schlängeln sich machtlos und abgewetzt von hinnen, Kontinente driften unter mir fort . . . sabi-wabi bleibt. Sabi-wabi bleibt vor allem unsichtbar.

Ich übersetze mich wund an sabi-wabi. Sabi-wabi kommt so wenig aus dem Japanischen wie Azubi. Sowohl das Dolmetschen wie das Eindeutschen quetscht unsubtil an sabi-wabi herum. Das Übersetzen käme schon eher an sabi-wabi heran, wenn sabi-wabi nicht hochgradig unübersetzbar bliebe. Muhurmuhu kommt aus dem Sanskrit und heißt auf Deutsch „immer wieder". Nirwana läßt sich zur Not mit Windstille übersetzen. Chinesen übersetzten Nirwana provisorisch mit Wu Wei. Unsagbar schwerer ist sabi-wabi dem Reich behutsamer Übersetzbarkeit anzunähern, schwerer als lullaby oder ancient oder odradek oder Rosebud oder poschlost. Sabi-wabi bleibt unübersetzbar.

Gott schwoll gewaltig auf, dank Überstrapazierung. Alles schwillt mittels Überstrapazierung gewaltig auf. Sabi-wabi nutzt sich bei Überstrapazierung nicht ab. Sabi-wabi schwillt bei Überstrapazierung nicht auf. Nie könnte sabi-wabi zum Drehwurm werden.

Im „Lexikon der östlichen Weisheitslehren" ist sabi-wabi nicht enthalten. Zafu, ein mit Kapok gefülltes Sitzkissen, ist durchaus im „Lexikon der östlichen Weisheitslehren" enthalten. Desgleichen ist Zabuton, eine mit Kapok gefüllte Sitzmatte, im „Lexikon der östlichen Weisheitslehren" enthalten. Einzig sabi-wabi fehlt dort sehr.

Sabi reimt sich weder auf Abi(tur) noch auf Kohlrabi und Gabi. Sabi kommt m.E. weder aus dem Sabinischen noch aus dem Sabinesischen. Falls sabi letztendlich doch aus dem Japanischen käme, säße es auf dreifacher Wurzel. Sabi schillerte sublim zwischen sabu, sabishi und susabi, leicht angekrault von wabi, das aus wabu und wabishi hervorwüchse. Sabu ließe sich übersetzen mit schwinden, verblassen, entfärben. Sabishi – wie auch wabishi – ließe sich übersetzen mit einsam, verlassen, allein. Susabi ließe sich übersetzen mit verspielter Trostlosigkeit. Wabu ließe sich übersetzen mit schmachten, sehnen, japsen. Sickerten jemals solche Bedeutungen in sabi-wabi ein, würde sich sabi-wabi derart verfärben, daß es fast noch unbeschreiblicher würde. Wäre sabi-wabi von fester Konsistenz, bekäme es aufgrund meiner Umkreisungen Risse. Überall, wo Bröseliges abblättert, läßt sich zwischen Finger- und Daumenbeere . . . sabi-wabi ahnen.

Das hochdeliziöse Schönheitsideal der Muromachizeit hat bereits – wenn auch ungelenk und unzureichend – sabi-wabi geheißen. Es kann noch so sehr sabi-wabi geheißen haben, die Durststrecke zwischen sabi-wabi und sabi-wabi blieb zunächst grausam unüberbrückt. In ancient times scheint sabi-wabi äonenlang Edelrost geheißen zu haben. Später reifte sabi-wabi hochsensibel nach, wärmte und lud sich vergangenheitstrunken auf, solange, bis selbst zögerlichste und einfühlsamste Umschreibungen wie „Grünspan- und Altgold-Melancholie" neben sabi-wabi verplumpten.

Sabi-wabi bebt eher dort zwischen luftigen Zeilen, wo uneindeutige – statt gefeierte – Schönheit sich wehmütig anzudeuten versucht: verschlucktes Mondlicht – statt Mittagshitze; übergrünte Felsen mit Krüppelkiefer, Strohdach, atmende Einsamkeit inmitten gefleckter Überfülle ... Venedig statt Manhattan ... Proust statt Hemingway, die sich aber allesamt bereits wieder weit von sabi-wabi entfernen, in ihrer relativen Festumrissenheit, in ihrer Antithetik, aber auch wiederum nicht äußerst weit sich entfernen; denn auch in sabi-wabi liegt etwas komisch Gebrochenes: in einer geknickten, beredt werdenden, dann aber doch lieber stummen Hahnenfeder ist sabi-wabi zum Danebengreifen nah, sabi-wabi, du nur kurz und beiläufig umgerührte Zutat in leicht berostetem Teekessel, sabi-wabi, der du, die du sowohl patinierte Objekte wie den Schauder desjenigen mitumfaßt, dem die Spannungslösung von unscheinbarer Hülse und Entschleierung zitternde Menetekel und Mirakel zu öffnen scheint und ... vorher und hinterher und währenddessen verhängt.

Fleck

Einerlei welches Stichwort ich nehme, jedes vergrößert sich immer gleich melanomartig in Richtung Weltnabel. Lautet mein Stichwort z.B. . . mir fällt irgendwie kein Beispiel ein.

Also ein neuer Anlauf: Lautet mein Stichwort z.B. – „löten“, schon hängt jedes Löten mit allen sonstigen Themen unlösbar zusammen; überdeutlich spüre ich, daß keine Triebfeder bei mir stärker ist als der Wunsch, kein anderes als das Wort „löten“ immer öfter zu benutzen, ja sogar selber zu löten, und schlüssig weise ich nach, daß alle Menschen im Grunde ihres Herzens löten wollen, löten sollten, löten müssen, löten werden und immer schon gelötet haben, vor allem auch solche Leute, die zunächst überhaupt nicht zum Löten zu neigen scheinen.

Lautet hingegen mein Stichwort „Haut“ oder auch „Schaum“, schon enthüllen sich nicht nur einzelne Mitbürger als Feuerzeugbesitzer oder als Löschgerätbesitzer oder als Hautärzte, sondern das komplette Einsteinsche Zeit-Raum-Kontinuum nimmt innerhalb von Minuten eine beklemmende feuerrote Färbung an, Hautcreme wird nötig, Qualm steigt auf, Löschschaum schäumt auf, wobei übrigens auch beim Löten ein gewisses Quantum an Rauch freigesetzt wird.

Um für dieses Mal allerlei Gefahrenherde kleinzuhalten, wähle ich für dieses Kapitel ein ganz besonders unverfängliches Thema, das Thema Fleck. Der Fleck wird sich hoffentlich sträuben, mein gesamtes Bewußtsein bösartig schäumend, rötend und befleckend zu usurpieren. Auch wird es zum Glück keinerlei Querbezug zum Thema Feuer oder löten geben; ich bin nämlich sowohl rauchempfindlich wie überhaupt feuerscheu. Nebenbei werde ich überdies alles daran setzen, daß das Thema Fleck ab sofort keinesfalls zu einer allgemeinverbindlichen Phänomenologie aufschwillt, inclusive extensiver Weltdeutung. Große Entwürfe liegen mir nicht. Außerdem hasse ich Metaphern und möchte ganz unbedingt dicht am Thema Fleck bleiben.

Vorsorglich schlage ich einen betont gefälligen Ton an . . . den harmlosesten aller Töne. Bis zum Schluß dieser Abhandlung werde ich brav und themenadäquat in eng-häuslichem Umkreis verbleiben, also da, wo der Fleck von Hause aus hingehört, nämlich bevorzugt in die Kinderlätzchen und T-Shirts unserer Jüngsten gehört er, der Fleck, von wo er heutzutage relativ problemlos entfernt werden kann. Ohne daß ich hier Werbung für bestimmte Markenartikel machen möchte.

Das war nicht immer so. Wenn sich die Waschmittelindustrie in den letzten Jahrzehnten nicht ungeheuer vervollkommnet hätte, würden zahlreiche Flecken, die jederzeit rausgehn, drinbleiben. Namentlich Obstflecken, die noch bis weit in die sechziger Jahre hinein als schwer entfernbar galten. Doch auch heute noch unterscheiden Hausfrau und Hausmann Flecken, die schwer rausgehn, von Flecken, die leicht rausgehn. Rotzflecken gehen leicht raus, Rostflecken gehen schwer raus. Blutflecken gehen schwer raus. Menstrualblutflecken gehen wesentlich leichter raus als Blutflecke. Was jeder Hausarzt bestätigen kann. Windeln von Milchkindern lassen sich leichter auswaschen als Windeln von Kindern, die Möhrenbrei essen. Viele Flecken gehn nur deshalb schwer raus, weil man nicht genau weiß, mit was für Mitteln sie leicht rausgehn. Ältere Hausbücher und Leitfäden fahren

Tabellen auf: Fettflecken auf Baumwolle entfernt man seit alters mit verdünntem und unverdünntem Salmiakgeist, Stockflecken und Kaffeeflecken auf Seide mit Glyzerin. Glyzerinflecken entfernt man mit Terpentin. Terpentinflecke entfernt man mit Wasser. Wasserflecke in Büchern gelten weiterhin als unentfernbar, z.B. in Büchern von Dirk K. Fleck „Die Öko-Diktatur" oder Gottfried Keller „Die drei gerechten Kammacher". Jedem Fleck sein Mittelchen: Diese zeitraubende Notwendigkeit wurde mittlerweile von der chemischen Fantasie weitgehend aufgelockert, mittels Bereitstellung diverser Bleichmittel, Fleckensalzsorten und Farbumwandler, die alle auf eine utopische Panazee zusteuern, ein einziges Mittel, mit dem man einem jeglichen Flecken den Schrecken zu nehmen vermag. Meister Proper, der 2002 seinen 35. Geburtstag feierte, nutzt seine ganze Kraft und Scheuermilch, um sich für das Wohl jener Menschen einzusetzen, die ihn mögen.

In jeder Frau steckt eine Frau Saubermann. Und die will Flecken entfernen. 1960, beim Abendbrot, fragte Mutti ohne jede Überleitung: „Wie ist eigentlich der Fleck da oben hingekommen?" Eberhard und ich guckten hoch zur Zimmerdecke, wir hatten beide den Fleck weder bisher wahrgenommen noch verursacht, und erröteten trotzdem beide heftiger denn je vordem. Und dies Jahre bevor das Zeitalter der Selbstbefleckung loslegte . . . der harte Fleck im Badetuch sagt mehr als jedes Tagebuch. Und gleichwie man sich ab der Pubertät keiner Gurke und keinem Lötkolben mehr unbefangen nähern konnte, so färbte das Phänomen Schandfleck alsbald selbst noch auf die unschuldigsten, entfernbarsten Flecken ab, einerlei wo sie saßen, angesiedelt irgendwo zwischen christlichem Reinheitsethos, plus Schuldbewußtsein, und dessen Säkularisierung und Depravierung im überzivilisierten Putzfimmel der okzidentalen Gegenwart, im Hygienewahn und Prophylaxebedürfnis des neuzeitlichen Bewußtseins, dem Weißkitteltum heutiger Ärzteschaft, dem von Ernst Bloch schon um 1916 gestreiften Geist der Abwaschbarkeit –

Doch möcht ich hier nicht ins Theoretisieren geraten. Sondern ganz im Bereich unkomplizierter Empirie verbleiben. Teerflecken entfernt man mit Terpentin. Wobei der kleine schwarze Fleck zwar verschwindet, statt dessen bleibt ein wesentlich größerer, leicht teerfarben getönter Terpentinfleck zurück. Den man mit Wasser und Seife entfernt. Sobald man Grasflecken aus Mänteln rausschrubbt, wird die Gegend rund um den entfernten Fleck insgesamt heller. Dergestalt, daß selbst bis dato tadellos saubere Mäntel von Stund an auf ihrem perforierten Grauschleier einen riesigen Negativfleck tragen. Es hinterlassen also etliche Flecke bei ihrem Abgang ein Feld von Zusatzproblemen. Und Spätfolgen.

Immerhin hat die chemische Fantasie inzwischen weit hinausgedacht über bloß sekundäre Fleckentfernung: Seit Jahrzehnten werden Tischdecken auf den Markt geworfen, die kraft ausgeklügelter Imprägnierung Flecke gar nicht erst annehmen. Asylverweigerung auf textiler Basis! Flecken, die sich trotzdem auf solche Decken setzen, können sich nicht verankern. Sie liegen nur oberflächlich auf, wegwischbar von jeder Serviette.

Was überhaupt treibt den Menschen, prinzipiell alle Flecken so schnell wie möglich entfernen zu wollen? Warum springt fast jeder Fleck sofort ins Auge? Meist dermaßen heftig, daß er präsenter wird als die befleckte Unterlage? Nicht selten lenkt mich ein Fleck im Gesicht meiner Gegenüberin vom Gesicht dermaßen ab, daß das

Gesicht ins Unscharfe abdriftet. Und im Brennpunkt des Geschehens einzig der Fleck usurpatorisch stehenbleibt, überscharf und allein auf weiter Flur. Oder in einem Buch der Stadtbücherei Marburg: „Die Haut im Alter und ihre Krankheiten" steht vorndrin, ausradierbar: „Fettfleck auf S. 130!" Sofort blätterte ich auf S. 130. So schlimm sah vor Ort die Sache gar nicht aus. Kaum einem wär der Fleck überhaupt aufgefallen. Keiner hatte das Buch bisher entliehen. Jetzt aber entlieh ich es, um Eberhard die kostbare Inschrift vorndrin vorzuführen. Sowie die Sache selbst: den Fettfleck auf S. 130.

Daß aber jeder Fleck sofort ins Auge springt, ist erst die eine Hälfte der Wahrheit. Jedes Auge stürzt sich sofort auf solche Flecken, die nicht sofort ins Auge springen. Auge und Fleck – nicht selten von gleicher Größe – sind seit prähistorischen Zeiten blendend aufeinander eingespielt. Genau wie Subjekt und Objekt, und zwar seit damals, als das Auge entwicklungsgeschichtlich noch eine Vorstufe seiner selbst war, selber ein Fleck: ein Sehfleck. Der kaum gesehen wurde und seinerseits nicht sehr gut sah: nur die allergröbsten Stauungen im gleichmäßig ablaufenden Lichtfluß, die dunkelsten Stellen des Lichtes, ungenügende Anhaltspunkte, nichts als Flecken, die nur deshalb nach wie vor so bildbestimmend in jeden Vordergrund drängen, weil jederzeit viel von ihrer Signalwirkung abhängt. Für fast alle Tiere besteht die Welt nur aus Gestöber gleichgültiger Flecken. Die sich selten zu etwas Genauerem zusammensetzen. Allenfalls hebt sich mal hier und da ein umrissener Fleck aus dem generellen Wischiwaschi heraus. Weibliche Stichlinge tragen einen roten Fleck, männliche einen blauen ... oder war's umgekehrt? Jeder Stichling gerät nie einem anderen Stichling als Stichling ins Blickfeld, sondern der kobaltblaue Fleck löst unausweichlich die Handlungsweise des Angreifens aus, der feuerrote Fleck die Handlungsweise des Begattens; Zwischenstufen gibt es nicht, mangels anderer Signalflecken. Und Neutralität gibt es nur, wenn nirgendwo feuerrote oder kobaltblaue Flecken auftauchen. Dann aber gibt es nichts als unendliche Neutralität, durchgehende Sendepause, das reine Nichts. Wobei Stichlinge nichts vermissen.

Derartige Flecken finden sich überall, bis hinauf zu höheren Wirbeltieren. Möwenküken sehen nichts, außer einen ebenfalls feuerrot zu nennenden Fleck am Schnabel ihrer Mutter. Den sie bepicken müssen, andernfalls bei der Mutter kein Würgreflex ausgelöst, keinerlei zappelnde Beute rausgekippt wird, alles drinbleiben müßte im Mutterkropf. Hier wird ein roter Fleck zum Schlüssel des Lebens. Bis hinauf zur Brustwarze. Höbe sie sich nicht, samt Vorhof, aus der dem Baby nicht weiter ins Auge fallenden, neutral hautfarbenen Landschaft als dunkler Fleck heraus, nimmermehr würde ein Saugreflex ausgelöst. Das Kind müßte verhungern wie Möwenküken, die den feuerroten Mutterfleck verfehlen. Und sobald die Entwicklungspsychologin Lotte Schenk-Danzinger eine befleckte Maske in die Wiege hängt, wird beim Kind ab dem dritten Monat Lächeln ausgelöst. Erst ab dem siebten Monat muß nicht mehr blind ins Blinde hineingelacht werden. Flecken intensivieren sich zu Augen.

Genetische Verankerung sorgt lebenslang dafür, daß auch der erwachsene Homo sapiens beim Anblick jeden Flecks zusammenzuckt. Wie die Katze beim Anblick der beiden Augenflecke auf dem Flügel des Tagpfauenauges. Ein einzelner kleiner schwarzer Fleck, der das Blickfeld verunziert, kann jederzeit ein böses Insekt sein, ein davonkrabbelnder Fleck, wie die bei Gottfried Keller auf kobaltblau gestrichener Wand mitgestrichene Wanze nach der Winterstarre kobaltblau gebuckelt weiterwandelt und einen weißen Fleck hinterläßt. Vorher sitzt die Fliege als ein mit Fingernagel oder Fliegenklatsche breitzudrückender Fleck an der Wand, hinterher als Fliegendreckfleck. Oder es handelt sich umgekehrt um einen Fleck, der sich festgebissen hat, einen Gemeinen Holzbock. Der lebensgefährliche Schädigungen in den Stirn- und Scheitellappen des Menschen anrichten kann. Aufgrund einer FSME, einer Frühsommer-Meningo-Encephalitis, die z.Z. nur südlich der Main-Linie auftaucht. Wobei aber der Holzbock auch nördlich der Main-Linie schleunigst herausgedreht werden muß, schon allein wegen der Borreliose-Gefahr, herausgedreht vor allem samt Kopf, ansonsten man den Holzbock gleich drinlassen kann. Was – falls der Kopf nicht rausgeht – eine gravierende, wenngleich nicht lebensgefährliche, vom Hausarzt problemlos behandelbare Entzündung hervorrufen kann. Fazit: Insekten, die sich bevorzugt auf der Haut des Menschen niederlassen, sind die historischen Vorläufer der Flecken, die sich auf den Kleidern des Menschen niederlassen. Der Fleck ändert sich, die Warnfunktion bleibt.

Doch zurück zum Haushaltsfleck und seiner schlichten Entfernung. Wenn Salatölflecken bei 40 Grad drinbleiben, dann muß das neue Ariel-Ultra her, mit der Fettlöseformel – jetzt kriegen Sie Ihr Fett weg! Wer Fleischbrühflecken mit Benzin aus Baumwollhemden entfernt, sollte darauf achten, daß währenddessen das Fenster offensteht, wegen der nicht zu unterschätzenden Brandgefahr. Andererseits sollten die Türen zugelassen werden, um dem Feuer die Luft abzuschneiden. Den Notausgang nicht mit Objekten und Geräten verstellen!

Auf Anweisungen achten! Feuerlöscher benutzen! Löschdecke benutzen! Wandhydrant benutzen! Löschversuch unternehmen, ohne Rücksicht auf Bücher von Gottfried Keller! Brände verhüten! Erste Hilfe: Frische Luft, Fenster auf, doch halt: dadurch bekommt ein schon verglimmendes Feuer neuen Zug. Brandherd nicht von hinten nach vorn, sondern von vorn nach hinten ablöschen. Schaulustige sollten diszipliniert in angemessener Entfernung stehenbleiben. Arzt rufen. Nicht die Flammen, sondern die Glut ablöschen. Künstliche Atmung . . . Glieder reiben – auch dieses Glied hier? Nicht gegen den Wind, sondern mit dem Wind löschen. Mit dem Luftzug löschen. Flüssigkeitsbrände nicht teilweise, sondern komplett ablöschen. Beim Gliederreiben die anfallenden Tropfbrände nicht von unten nach oben, sondern von oben nach unten ablöschen. Die Nummer 221 ist nämlich nur für Notfälle, also z.B. wenn es zu einer Ablagerung von Rauchteilchen in der Lunge kommt, und zu einem chronischen Reizzustand der Schleimhäute, was sich dann als der allgemein bekannte Raucherkatarrh äußern kann – Vorsicht Rotzflecken! Und vor allem: Am Boden kriechen, da der Rauch immer nach oben steigt. Falls Ihre Kleider brennen, nicht losrennen, sondern mit einer Decke den Brandherd ersticken, solange die Decke nicht ebenfalls brennt. Leichte Brandflecken auf Leinen entfernt man mit Chlorkalklösung, falls man sowas im Hause hat. Brennende Decken mit nichtbrennenden Kleidern ersticken! Erste Anzeichen einer Rauchvergiftung: Kopfschmerz an den Schläfen, Schwindel, Ohrensausen, Übelkeit, Verlust der Muskelkraft, Schwäche, Ohnmacht. Der Tod tritt nach wenigen Minuten ein. Leichenflecke gelten bis heute als absolut unentfernbar. Sie sind – wie mir mein Hautarzt sagte –

nicht wegdrückbar wie all die andern Flecken, die auf Blutstauung basieren. Hier hilft nur gründliches Weggucken und die Hinwendung zu weniger deprimierenden Flecken, als da die angeblich völlig unschädlichen Altersflecken aufzuzählen wären. Und überhaupt die Riesenpalette solcher Flecken, die nicht von außen oberflächlich der Kleidung oder Haut aufliegen. Wobei sich Kleidung leichter wechseln läßt als Haut. Sondern die verdächtigerweise aus den lebenswichtigen Tiefen des Organismus heraufsteigen . . . um sich angstauslösend auf der Haut abzubilden, ohne diese Angst zu rechtfertigen. Ein Leberfleck enthüllt sich zwar immer häufiger, doch statistisch insgesamt nicht äußerst oft als Hautkrebs. Dieser signalisiert seinem Träger: „Geh sofort zum Hautarzt! Operier mich rechtzeitig weg! 5 cm rundherum alles penibel rausschneiden!" Was aber signalisieren all die vielen besonders laut herumsignalisierenden Flecke, hinter denen sich keinerlei ernste Krankheit anbahnt? Hinter Sommersprossen, Pigmentflecken, hinter dieser Riesenpalette der Hautblüten, von denen sich viele erhaben dünken über Flatland und mit dem Finger fühlbar werden, gar Schatten werfen wie der kobaltblaue Knubbel in der kobaltblau gestrichenen Wand Gottfried Kellers, also nicht mehr als Fleck gelten können, zur Papel aufsteigen, sich als Pustel wölben, als Knoten wachsen, als Bläschen platzen, vertikal knapp ausbalanciert von Flecken, die sich in die Tiefe fressen, und Insekten, die ihre Rüssel subkutan versenken, bis ich sie auf der weißgestrichenen Wand zerklatsche und ein roter, ja feuerroter, später schorffarbener Fleck meines eigenen Bluts mir als Mahnmahl vor Augen steht, eine Aura verschleudernd, die es in sich hat, wie nur noch der heilige Hindufleck auf der Stirn von einer halben Milliarde Hindus, die mit diesem

Fleck ihr Stirnchakra bedecken, das dritte Auge, das leichter abgewischt als geöffnet werden kann. Doch nun . . . ausatmen.

Der Wunsch, Flecken zu entfernen, bleibt oft unerfüllt. Der Hautarzt könnte zwar fast alles wegschneiden. Doch wächst fast alles pigmentfreudig nach. Deshalb: Wer bei Lebzeiten harmlose Leberflecken auf eigene Rechnung entfernen zu müssen glaubt, handelt sich nur Ärger ein. Weiße Wäsche mit Blutflecken bleicht man mit leichter Wasserstoffsuperoxydlösung, nachdem man sie in Sodawasser eingeweicht und in lauwarmer Seifenlauge gewaschen hat. Wer andern Leuten ohne deren vorherige Einwilligung Hautflecken entfernt, dem kann es ergehen wie Schopenhauer, der alle Prozesse verlor, die seine Nachbarin gegen ihn anstrengte, und der ihr bis ans Lebensende eine Leibrente zahlen mußte, da er ihr im Handgemenge angeblich einen warzenförmigen Leberfleck abgerissen hatte.

Als prominentester Fleck ging vor längerem der Gorbifleck in die Geschichte ein. Der bei Manfred Deix sogar als Aufkleber die Stirnen gorbomanisch infizierter Fan-Gemeinden ziert. Mein Hausarzt meint, der Gorbifleck bestehe aus einem kleinen Fell. Hier widerspricht allerdings mein Hautarzt, laut dem es sich beim Gorbifleck um ein *Naevus flammeus* handele. Was sich doch spontan viel fundierter anhört. Nur unzureichend behandelbar, nämlich nicht per Salbe zum Verschwinden zu bringen, aber zum Ausgleich extrem harmlos. Ganz leicht könnte man den Gorbifleck mit Normal-Make-up überpinseln, mit Theaterschminke, oder auch fortlasern. Es wär dann an der Stelle des Gorbiflecks eine viel unauffälligere Gorbinarbe zurückgeblieben. Entweder haben Gorbis Outfit-Berater und Face-Designer nicht rechtzeitig abgeraten, oder entgegen ihrem Abraten hat Gorbi seinen Gorbifleck behalten. Was hat Michail Gorbatschow mit der betont ins Auge stechenden Nichtentfernung seines inselförmigen, afghanistanförmigen, wenn nicht gar kontinentförmigen, jedenfalls seitens Rorschach stark vorbelasteten Gorbiflecks signalisieren – oder symbolisieren – wollen?

Hier scheiden sich Geister. Die einen meinen, am weltöffentlich rausgehängten Gorbifleck sei zu erkennen, daß sein Träger eitel sei, nämlich in die Reihe derer gehöre, die sich mit ihren Knutschflecken und sonstigen Tattoos brüsten, oder kulturgeschichtlich bedeutsame Schönheitsflecken tragen. Johann Georg Hamann prägte das Wort „Schönfleckchen". Wobei allerdings sowas auf Dauer selten hilft, nämlich nie endgültig von der eventuell fehlenden Schönheit der Gesichter ablenkt, auf die solche Flecken aufgemalt oder aufgepeppt werden. Falls sie nicht auf natürlichem Wege von selber kommen. Andere wiederum meinen, Gorbatschow sei alles andere als eitel, im Gegenteil, gern gebe er zu, daß er nicht etwa ein fleckenloser Erzengel, allenfalls ein Mann mit auffallend weißer Weste sei, sondern auch nur ein Mensch. Und als solcher behaftet mit irdischen Angriffspunkten. Wollte er etwa von Anfang an klarstellen, daß er absägbar sei, wie Jung-Siegfried, der seine verwundbare Stelle versteckter trug, unterm Kleid mit aufgenähtem Signal, nicht so ungeschützt auf dem Stirnhirn, allen Schicksalslaunen preisgegeben, assoziativ den Attentäter herbeiziehend, der Leo Trotzki an dieser Stelle den Schädel demolierte? Oder eine andere Erklärung muß herbei: Der Gorbifleck fungiert nicht als Köder, eher als Vorwarnung: Vorsicht! Es handelt sich bei meinem Fleck, statt um ein belangloses *Naevus flammeus*, doch um ein kleines Fell, auch ich bin ein Wolfsmensch, bei dem atavistisch an irgendeiner Stelle unverfälschte vorsowjetische Urzeit durchbricht. Zumal sowieso hinter fast jedem Leberfleck ein Melanom arbeitet. So werdet auch ihr allesamt zurückkippen ins Wälderhafte, vom Parteichef über den Präsidenten zurück zum Zar und von dort aus schnurstracks zum Rudelführer, und von da aus zum Wolfsrudel, zum Wolfsfell, zum Bärenfell, Wolfowitsch Schirinowski, und ich leuchte vor! Dieser Fleck, das weltberühmte Gorbifell, posaunt es jetzt schon aus, man muß es nur entziffern, bald ist es soweit, in Kürze bricht Nacht über euch herein, Tierheit und Feuersnot! Bitte den gekennzeichneten Fluchtwegen folgen! Keinen Aufzug benutzen! Löschangriff vorbereiten! Aufstellung vor dem Saugschacht nehmen! Schaummenge dosieren! Schaumviskosität überprüfen! Leichtschaum verwenden, also Schaum mit hoher Verschäumungszahl. Unter Verschäumung versteht man das Verhältnis zwischen Volumen der Schaummenge und Volumen der zu seiner Erzeugung benötigten Flüssigkeitsmenge. Unter Löschschaum hingegen versteht man ein emulsionsartiges Löschmittel aus Wasser, Gas- oder Luftbläschen und einem Schaumstabilisator. Es gibt natürlich – neben dem Naßlöschverfahren – auch das Trockenlöschverfahren. Sowie das Nebellöschverfahren. Und zahlreiche Sonderlöschmittel! So oder so: Schütz deine Augen vor den Flammen! Schütz deine Augen vor Rauch! Und entferne dich nicht ständig beim Fleckenentfernen vom Thema Fleck!

Apropos Gorbifleck: In dieselbe tiefsymbolische Kerbe haut seit Urzeiten der blinde Fleck im Auge. Stäbchenlos und zäpfchenlos gelangte er zu großer, sogar dauerhafter Popularität. Dies allein schon deshalb, weil jeder irgendwo seinen blinden Fleck hat. Kein Subjekt ohne blinden Fleck. Der das abgehalfterte Subjekt sogar prinzipiell überleben kann. Wandele ich durch eine Fußgängerzone, seh ich dank meines blinden Flecks keinerlei Zigarettenautomaten – Vorsicht vor glühender Asche! Sofort den Haushaltsdirektor benachrichtigen! Oder – falls dieser aushäusig sein sollte – den Rektoratsdirektor! Unbeteiligtes Personal verläßt Raum und Gelände über die Hauptstiege, zur Not Nebenstiege. Ausrüstung für Erste Hilfe befindet sich in der Portierloge. Nächstes Löschgerät: 2. Stock, Gang Nord. Typenprüfzahl: FT 1/28/5 F. Nächster Brandmelder: Standbücherei. Kaum stehe ich an der Verbuchung, sehe ich, daß da Bücher verbucht werden, die ich innerhalb der Bücherei – eben dank meines blinden Flecks – nie gesehn hätte: Werke über Psychologie im Klassenzimmer, Bankmarketing, Foliengewächshäuser, Flußmittel, Waldbrände in Australien, Ventilatorenberechnung, Selbsttherapie des Stotterns, Wellpappeverarbeitung, Abtreibungsverbot . . . ganze Welten werden von mir nicht mal ansatzweise wahrgenommen, was mich vermuten läßt, daß es sich beim blinden Fleck wohl eher um ein blindes Feld bzw. Land handelt. Das ganz anders funktioniert als die berühmten weißen Flecken der Landkarte, die immerhin längst verschwanden, zumindest weiterschrumpfen, derweilen blinde Felder zunächst organisch aus den noch viel restringierteren Uexküllschen Merkwelten der Tierwelt hervorwachsen, um dann immer weiterzuwachsen und rundherum weiße Felder in die deshalb nicht sehr rosige Zukunft zu werfen, ins Objektive, ins Niemandsland, das kaum erhellt wird vom gelben Fleck, der 4 mm neben dem blinden Fleck im Auge sitzt, nicht zu verwechseln mit dem blauen Fleck, den ich am Arm trage, wenn mich irgendein Blindling boxt, und der einen Tag später zum gelben Fleck wird, um alsdann als grüner Fleck auszuklingen. Im Dunkeln dämmert der blinde Fleck vor sich hin, der im Gegensatz zum gelben Fleck null Farben erkennt, noch nicht mal unscharfe Bilder liefert. Der gelbe Fleck hingegen leistet x mal mehr als der blinde Fleck, liefert allerschärfste Bilder, sämtliche Farben, nicht nur die Farbe Gelb, auch klitzekleinste Objekte und Flecken. Alles wird unparteiisch und exakt abgebildet. Der permanenten Signaldecodierung steht nichts im Wege, solang der gelbe Fleck mitmacht . . . doch irgendwie wird mir so schwummerig . . . bei dieser bodenlosen Thematik, zumal jeden Moment wieder nur der blaue oder rote Fleck der Stichlinge übrigbleibt, folglich fordere ich mich hiermit schnellstens auf, jetzt endgültig zu etwas unproblematischeren Flecken zurückzukehren, ausschließlich zum Fleck, zum reinen unsymbolischen Fleck und seiner schlichten Entfernung.

Wachsflecken entfernt man, indem man ein Löschblatt über die betreffende Stelle legt. Um mit einem Bügeleisen drüberzufahren. Und schon erstrahlt die Tischdecke in fleckenfreiem Glanz. Solche Methoden Fleckentfernung zu nennen, trifft nicht ganz die Sache. Denn genaugenommen wird da nichts entfernt, sondern: Statt im Tuch sitzt der Fleck von fortan im Löschblatt. Entfernung entpuppt sich als Verlagerung. Bei näherer Betrachtung kann überhaupt kein Fleck entfernt werden. Der Fleck bleibt in jedem Einzelfall Fleck. Er läßt sich in seiner Formgebung, wenn er sein Trägermedium wechselt, nicht stören. Diese Form- und Energiekonstanz widerspricht dem Entropiegesetz . . . und schon ist mein häusliches Thema erneut in Gefahr, seinen Rahmen zu sprengen, unversehens überzugehn in ernste physikalische Problemstellungen, wenn nicht sogar in religionsphilosophische. Denn Menschen, die sterben, oder Föten, die abgetrieben werden, also im wahrsten Sinn des Wortes entfernten Verwandten, geht es kaum anders als Flecken, die wie Menschen aus ihrem Milieu herausgelöst werden und sich, im Anschluß an die qualitätsauflösende Sekunde des Bügeleisens, ohne sonderliche Zeitverluste in einem vergleichbar saugfähigen Milieu wiederfinden, sofort wieder festgeronnen, etwas größer geworden, sonst aber in unveränderter Gestalt. Es sei denn, der Fleck wird in Flüssigkeit aufgelöst. Doch auch dann findet keine vollständige Fleck-Liquidierung statt, sondern die Substanzen des Flecks bleiben außerhalb seiner Form voll erhalten. Der Fleck teilt diese seine potentielle Unsterblichkeit mit der Amöbe, mit der er auch die Pseudopodien teilt, zudem Kopflosigkeit und überhaupt die unentschiedene Silhouette.

Nun gibt es Haus- und Hautärzte, die sich trotz ihres permanenten Wiedergeborenwerdens weigern, an Wiedergeburt zu glauben. Hans Küng z.B. Der lieber hochtrabend aufersteht, als sich diskret zu inkarnieren. Der also nicht unverwandelt aus einer irdischen Tischdecke in ein nicht minder irdisches Löschblatt aufsteigt, sondern der in der Waschmaschine gänzlich rausgewaschen wird, also die einmal angenommene Umrißkonstanz zufälliger Fleckgestalt fahren läßt, doch siehe, die chemischen Ingredienzen des Flecks gehn nicht verloren, sondern wie angedeutet verteilen sie sich rein geistig im Medium des Waschwassers, stellvertretend für Auferstehung auf qualitativ andersartiger Stufe. Oh! Bin ich etwa schon wieder vom rechten Pfad abgekommen? Statt durch und durch auf dem Perser zu bleiben, dem Teppich etwas materieller fundierten Weiterlebens. Wer in seinen Kindern weiterlebt, statt auf metaphysischen Stufen und

Seinsebenen, wird die Erfahrung machen, daß sich die Spur der jeweiligen Erdentage oft derart festgebissen hat, daß dem Fleck bei einmaligem Waschen nicht beizukommen ist. Namentlich wenn es sich um die bereits erwähnten Obstflecke handelt. Um Heidelbeerflecke z.B. Sondern erst von Wäsche zu Wäsche wird der Nachhall schwächer: Feuerrot, Hellrot, Rosa, Hellrosa, bis der Himmel wieder ungetrübt Himmel sein darf. Es sei denn, es handelt sich um schier noch hartnäckigere Bananenflecke. So geht es auch mir: Mein Begabungs-Pool wird sich, sobald ich mich fortpflanze, schnell verdünnen, alle meine Einmaligkeiten werden schon nach zwei, drei Waschgängen auf Nimmerwiedersehn rausgemendelt sein. Stichlingshafte Neutralität wird sich ausbreiten. Nur hier und da kurzfristig aufgelockert von abwechselnd auftauchenden Flecken. Auf die ich sofort stechend und begattend losstürze – und zack! betätige ich mich vollautomatisch als ein personifizierter Fleck, ein zunächst sich selbst, dann andere befleckender Fleck. Bis schließlich flecktyphusgefährdeter Nachwuchs mit halonierten Augen in hautfarbenen T-Shirts auf den relevantesten Fleck der Neuzeit starren, auf den Cursor der Datenglotze. Der ruckhaft pulsierend durchs schrumpfende Panorama wandert, endlich ein gehorchender Fleck: Wo ich ihn haben will, da geht er anstandslos hin! Nur selten hängt er in der Hundehütte fest. Dann wieder flutscht er durch die Raster der Schwarzweißmalerei, immer im Fokus meines gelben Flecks: Cursor und gelber Fleck, die gehören innig zusammen in meiner beengten Welt allgemeiner Farbauflösung.

Viele aufmerksame Zeitgenossen sind sich einig, daß die Welt, vom Auge her gesehen, so oder so in Einzelpunkte zerfällt. Nämlich von der subjektiven Seite her in

Netzhautstäbchen. Von der objektiven her in Rasterpünktchen. Denen bereits die Pop-Art ins trostlose Herz geblickt hat. Bei näherem Hinsehen löst sich auch die unbefleckteste Weste in ein Areal weißer Flecken auf. Hier kann die Kategorie der Befleckung nirgendwo anhaften. Zeitweise führte das zu Tachismus, vorher zu Pointillismus, und davor zu Impressionismus, der nur dadurch nicht unangenehm auffiel, daß seine Pünktchen, Fleckchen, Tüpfelchen so schön bunt wuselten und dadurch das Flächenhafte ihrer Scheinbewegung verschleierten. Selbst ungepunktete Flächen werden bei Annäherung per Auge grieselig, und je weiter ich zurücktrete von den verfließenden Flecken und Flächen beliebiger Landschaft, desto unschärfer verschwinden die vielen Dorf- und Marktflecken. Flecken sind nämlich oft alles andere als kleinformatige Angelegenheiten. Sonnenflecke sind bis zu 50000 km groß. Die Erde ist daneben nur ein Fleckchen, der Mensch wiederum das Fleckchen seines Heimatfleckchens, die entferntesten Galaxien nur hingetupfte Nebelflecken auf der Scheibe meines Teleskops, das ganze Universum – samt Nachbaruniversen usw. – nur Sommersprossen auf der Linse Gottes. Bis die ab und zu ausfallenden Konvergenzzonen meines Großhirns die Zufallsstrukturen kaum noch zusammenbringen können. Bis Fensterleder und neue Fettlöseformeln nahen und alles weggewischt wird. Das Fleckenchaos genau wie der hervorstechende Individualfleck. Der sich souverän abgrenzt gegen seine leicht zu überblätternde Unterlage und der – zur Vermeidung von Rändern – vom Fleckenrand her in Richtung Fleckmitte entfernt werden sollte, nicht umgekehrt. Je älter ein Fleck, desto schwerer seine Entfernung. Unentfernbare Flecken mahnen uns an die Ewigkeit.

Kennt man die Ursache des Flecks nicht, dann sollte man einen Brei aus Benzin – Vorsicht! schon wieder Brandgefahr! – und Kartoffelmehl herstellen, oder aus pulverisierter Magnesia, und auf den betreffenden Fleck auftragen. Fliegenflecke entfernt man mit Bohnerwachs oder Bohnenwasser. Ölflecke behandelt man wie Fettflecke. Schweißflecke entfernt man mit Wasser und Seife. Falls das nicht hilft, mit Panamaspänen ... keine Ahnung, wo man sowas herkriegen soll. Kaffeeflecken entfernt man aus einem Seidenkleid mit Hilfe einer Schere. Grasflecke entfernt man mit Chlorbleiche.

Drehwurm Drehstuhl

Stühle ... Stühle ... ich denke merkwürdig oft an Stühle ... lieber würd ich heut an was völlig anderes denken.

Statt dessen drehn sich Stunde um Stunde Stühle in mein Denken hinein, drehn und drehn sich, quer durch meine Gegenbewegung, mit der ich gern gegen den Spiralsog solchen Denkens anschwömme, um alle sich auf mich zudrehenden Drehstühle aus meinem Denken herauszudrehn, doch siehe: sie drehn sich immer weiter hinein, in mein Denken, nicht nur Stühle, auf denen ich irgendwann mal saß, sondern auch jede Menge Stühle, mit denen mich nichts, aber auch nichts verbindet und die sich trotzdem mitdrehn, samt aller, die auf ihnen sitzen – oh, ich erblicke sogar mehrere ganz normale Stühle, weit davon entfernt, Drehstühle im engeren Sinne zu sein, die sich aber in derselben insgesamten Drehbewegung wie all die andern Stühle, Hocker und Drehstühle befinden ... wie läßt es sich halbwegs abdrehn, mein Denken an all diese gedrehten Stühle, Hocker und Drehstühle?

Gegenmittel Nr. 1: Ich versuch ans Dübeln oder Löten zu denken. Doch hat Dübeln mir heute wenig zu sagen. Drehstühle hingegen drehn voll auf, drehen sich gnadenlos weiter, schwemmen drehend jedes Löten weit weg.

Gegenmittel Nr. 2: Ich schiebe Drehstühle auf abstrakte Höhen ab. Doch sobald ich mich im Allgemeinen verliere, denk ich an Sitzgelegenheiten in der Nacht, und sobald ich zu den Tatsachen zurückkehre, denk ich erneut an Stühle, und zwar nie an nur einen davon, sondern an viele Stühle, ja vielleicht sogar an alle Stühle. Und schon schwemmt eine neue Kurve nicht nur Drehhocker und Drehstühle, sondern auch Klappstühle, Schaukelstühle, Bürostühle, Sitzteile, Wohnweltquader, in jedem Fall aber Stühle herbei . . .

Gegenmittel Nr. 3: Statt anzurennen gegen das Drehstuhlgedreh, um nicht unwürdig mitgeschleift zu werden, geb ich mich von vornherein gänzlich hin, dreh mich harmonisch mit, konzentrier mich willig auf mein Denken an Drehstühle – o Gottogott: da quellen sie noch dreimal raumfüllender auf, diese dämlichen Stühle, zu aufblasbaren Sesseln und Sofas, Drehsesseln und Drehsofas . . . schwindelig taumle ich zur Seite weg, taste mich zwischen tausend sich drehenden Drehstühlen nach einem sich nicht drehenden Drehstuhl durch, auf dem dann aber doch jemand sitzt . . . und sich wegdreht. Nirgendwo ein einziger unbesetzter Stuhl! Doch hier und da und dort und da drüben ganz viele davon, ungeheure Stückzahlen, Säle und Doppelsäle voller Stühle, alle vollbesetzt . . . das muß anders werden!

Wo sind die schönen Zeiten, in denen ich wie alle Männer nur an Lötkolben dachte, statt an Stühle, oder an Fleckentfernung, statt an Stühle, oder in denen ich ungestört an Kyselak, Jojo und Theo Riedl denken durfte, statt an Stühle, oder an die Einheitlichkeit des Orrumulum, oder an den leeren Blick der Dromedarstuten, an die Leere des Lebens, an die Verbesserung des Überdurchschnittlichen, oder an die Aufdröselung meiner Dreiachteltakt-Kopfweh, statt an Drehstühle, oder wo ich gefahrlos an Drehleiermusik Oswald von Wolkensteins denken konnte, ohne automatisch hineinzuschliddern und mich einzurollen, einzuwickeln und einzudrehen ins

Denken an Drehstühle; oder an Denkbilder, Stehplätze, Beichtstühle und Stahlrösser, ohne an Drehstühle zu denken; oder nach Belieben an Drehstühle, ohne klebenzubleiben an diesem Thema.

Es fiel 1979 in Drückeberg überhaupt nicht auf, daß jedes Thema schon nach drei, vier Umdrehungen unausweichlich mit Drehstühlen zusammenhängt – jedes! Heut brauch ich bloß wie alle Männer nur ans Löten zu denken, prompt erscheinen mir alle Betten – alle! – im Grunde als pervertierte Stühle, lehnenlos, mit ausgewalzten Stuhlflächen plus Dackelbeinchen. Kaum denk ich an völlig anderes als an Drehstühle, an meine Tendovaginitis z.B., die mir das Tippen dieser Zeilen verleidet, oder an ihre Ursachen, an den falschen Winkel, in welchem ich vermutlich meinen Arm halte . . . garantiert sitz ich zu tief, sollte also meinen Drehstuhl etwas höher – zack! denk ich lästigerweise erneut an Stühle und ihre Expansion. In der schrumpfenden Hoffnung, mich hiervon ablenken zu können, mach ich die Kiste an, und siehe, es scheint zu gelingen! Ein seriöses Gesicht stellt sich der Diskussion: Eugen Drewermann, dem bekanntlich die Berufserlaubnis vom Heiligen Stuhl – nein! Schon wieder! Wie komm ich nur raus aus diesem Drehstuhl? Ich zappe weiter, möglichst weit weg: RTL, doch zack! Da hockt soeben der Prophet ausweglosen Öko-Ruins – Herbert Gruhl! – auf dem heißen Stuhl: alle Wege führen neuerdings ins Land der Stühle, und ich fürchte, das kann sich nur steigern.

Wenn Stühle sich wenigstens an ihr Territorium halten würden, ans Möbelwesen im weitesten Sinne. Doch versuchen sie sich nach und nach betont anderswo einzuschleichen, selbst wenn es mir – anläßlich der Geburt meiner Tochter Florinde – minutenlang gelingt, nullmal an Stühle zu denken. Kaum aber blättere ich arglos im „Weg ins Leben, 1. bis 6. Woche“, herausgegeben vom Alete Mütterdienst – schon ist's passiert:

„Bei Durchfall entleert das Baby häufiger als normal Stuhl, in schweren Fällen zehn oder mehr Stühle pro Tag. Die Stühle sind außerdem nicht geformt, sondern dünner, manchmal so wässerig, daß man sie kaum . . .“

Wo soll das noch hinführen, wenn heutzutage praktisch alles und jedes Stuhl, ja, Drehstuhl heißen darf? Hier muß dringend gegengesteuert werden, und zwar durch mich . . . nur wie?

War das immer schon so? Ich könnte schwören, daß sich Stühle 1979 in Drückeberg in vertretbaren Grenzen hielten. Doch kann das täuschen. Aus unvordenklichen Zeiten summt es urvertraut herauf:

„Kannst du nicht mal ruhig sitzen auf deinem Stuhl?“

Garantiert ist der Stuhl so alt wie die Menschheit. Heimatmuseen werden mir bestätigen, daß Ötzi schon vor dreihunderttausend Jahren arglose Felsbrocken als Ablagefläche mißbraucht hat. Seitdem lauern Stühle überall, in wechselnden Gestalten, als Pferdesattel, als Vordersitz im VW, als bebrillter Stuhl im WC.

Und wenn die Welt voll Stühle wär: Ich weiß genau, daß es auch noch andere Dinge gegeben hat. Folglich muß es auch jetzt noch andere Dinge geben, nicht bloß Stühle, und folglich muß es möglich sein, an diese anderen Dinge zu denken, z.B. hier, an dieses rororo-Büchlein: „Der leere Spiegel“. Und an all die andern Bücher, die da reihenweise bei mir rumstehn, oder rumliegen, die jedenfalls nie diesen faulen Kompromiß eingehn, zwischen Stehen und Liegen, genannt Sitzen, zuungunsten des Liegens, da bei sitzenden Leuten bloß die Oberschenkel auf der Stuhlplatte liegen, Rumpf und Waden hingegen befinden sich wie beim Stehn in der Vertikale; ich hingegen bräuchte ohne den anatomischen Wunsch und die Fähigkeit meines Körperschlauchs, um nicht zu sagen: meines Körperwurms, mich an festgelegten Umknickstellen auf halbe Größe zu bringen, nie auf Stühlen zu sitzen und nie an Stühle zu denken, wie Erasmus von Rotterdam, der immer nur am Stehpult stand, um sich nicht von jedem Stuhl unnötig dran erinnern zu lassen, daß ich ein Gesäß habe, und um sich nicht von der Summe aller Stühle bedrohlich sagen zu lassen, daß es viele Ärsche gibt. Wo wäre im Zeitalter der Stapelstühle der Stuhl mit schöngeschnitzten Einlegearbeiten, den nicht das abgeplattete Hinterteil des Oberbonzen Pi Pa Po verunzierte, mit an den Seiten herunterhängenden Wülsten, und wo das Bein, auf dem ich als Marabu stehn könnte, ohne dauernd auf Stühlen mich breitdrücken zu müssen, als eine der beiden Parteien, die sich da unausgewogen und blind aufeinander abnützen, fremdelnd, weich auf hart und Speck auf Holz, Rückseite auf Rückseite, statt face to face oder gar Getränk an Getränk, kurz: Der Stuhl symbolisiert in einzigartiger Weise die Schattenseiten der Gesellschaft.

Es genügt der Gesellschaft nicht, unschuldige und schuldige Tiere zu foltern. Man will zusätzliche Viecher haben, stillhaltende, gespenstisch rumstehende Kreaturen – still und starr steht der Stuhl! Typisch Tier, wie es mir hündisch auf allen vieren eine Platte meinem Musculus glutäus maximus entgegenträgt, invalide, kopflos, schwanzlos: Je nachdem in welcher Höhe die Rute gehalten wird, kann – laut Dr. Ulla Schultz-Roths Großem Ullstein-Hundebuch – die Aussage des Wedelns erhöht werden! Ohne Möglichkeit der Gegenwehr, unfähig, Leid zu empfinden, kaum noch knarrend . . . auch Tieren werden die Stimmbänder durchschnitten.

Gott nahm Lehm und schuf den Menschen. Der Mensch nimmt Holz und produziert Stühle. Was wolltest du mit der Säge, sprich! Wer Holz sägt, wird Stühle ernten. Da steh ich, ein entlaubter Stuhl. Man tötet nur zweimal. Zuerst wird das Tier geschlachtet, dann die Wurst. Bevor der Baum, der größer ist als ein Mensch, zum Stuhl wird, der kleiner ist als ein Mensch, wird der Mensch, der größer ist als ein Stuhl, zum Holzfäller und muß gleich danach das Holz ein zweites Mal erniedrigen, und das für immer, bis hin zum klassischen Lehnstuhl, in welchem Opa Luschert in seiner eingesessenen Ledermulde stirbt . . . da kann man Kaffee reinschütten, Kaaaffe, deshalb nennen wir das konkaaav. Aber ein Stuhlpolster, das sich schwabbelnd aus der Platte wölbt, da läuft der Kaffee weg, wenn nicht gar wex, deshalb nennen wir das konvex! Was wolltest du mit dem Hintern, sprich! Auf teurem Stuhl mit breitem Hintern sitzen! Ich stell mein Stuhl ins Jammertal.

Wann endlich benutzt das geknechtete Geschlecht der Stühle, also auch der Drehstühle, die zahllosen Beine zur Flucht vor ihren Benutzern? Wann geht man endlich zum Angriff über wie der Stuhl aus „Ulla und Peter“, worin auch der tarzanförmige Wastl vorkam, weißt du noch? Dort war ein Stuhl mit einem unzuträglichen Lack gestrichen worden, und lief nun wachsend und mit Vorderbeinen um sich grabschend im Galopp durch die Story. Ein solch allzu partieller Aufstand der Dinge kann heutzutage, im Zeitalter der Abkühlung, keine Lösung mehr sein. Die Zahl der real existierenden Stühle bleibt nur deshalb so schwindelnd hoch, weil die in passiver Wut drauflosfunktionierende Gesellschaft in einem fort

Fließbänder repariert, von denen schlüsselfertige Stuhlfabriken kommen. Das kann sich nur steigern, sagen die einen. Ich hingegen erhebe dringlicher denn die Frage: Wie läßt sich der Wahnsinn uferloser Stuhlproduktion stoppen?

Fest steht nur eins: Wenn wir unseren Stuhlkonsum nicht drastisch einschränken, kann ich nicht dafür garantieren, daß wir die Gesamtproblematik im Griff behalten können. Ich will nicht behaupten: „Nur stuhllos kann die Welt genesen!“ Doch weiß ich genau, daß zehn oder mehr Stühle pro Tag entschieden zu viel sind. Welchem vernünftigen und selbstbestimmten Menschen kann sowas länger zugemutet werden! Eine umfassende Ausblendung des Phänomens Stuhl könnte nichts schaden, jedenfalls zeitweise. Man muß das ja nicht gleich Liquidierung nennen.

Einmal wackelte Donald Ducks Stuhl. Er kürzte die drei überstehenden Beine, jetzt wackelte der Stuhl nach der anderen Seite. Donald Duck kürzte weiter. Auf dem letzten Bild saß Donald Duck auf einer Stuhlplatte, die auf 1-cm-Beinchen stand und nicht mehr wackelte. Doch eine solche allmähliche Beseitigung des Übelstands kratzt nur an Symptomen. Erstens wächst alles immer gleich wieder nach. Zweitens muß das Unmögliche immer wieder gewagt werden. Das Dilemma gehört auf eine ganz andere Ebene. Nur auf welche? Das möchte ich im folgenden andeuten.

Wenn ich erhöhet werde von der Erde, alle Stühle will ich nach mir ziehn. Das versprech ich hiermit feierlich. Nur zieht bis dato keiner mit. Alles muß ich alleine machen, obwohl ich mehrere linke Hände habe. Gemeinsam werd ich es schaffen. Die geistliche Säge im Haus erspart die faktische Bombardierung der Ballungszentren und ihrer Drehstuhlfabrikketten!

Zwar weiß ich, daß beim Verschwinden aller Stühle und ihrer Fabriken die Leere, von der sie sich abheben, sich unschön steigern würde. Doch wäre z.B. ich persönlich bereit, diese Mehrbelastung heroisch auf mich zu nehmen und exemplarisch als Bannerträger voranzuschreiten. Eine Neubestuhlung des gesamten Weltalls – und ein neues Weltall! – sollte mit hochgekrempelten Armen anvisiert werden, nicht erst ab 2099, sondern nach Möglichkeit jetzt schon. Auf denn, nicht träge denn, stampfend und splitternd hinan! Hier sitz ich! Ich kann nicht anders. Doch selbst wenn sich die Stuhlproduktion bis 2009 bremsen ließe – wohin mit all den noch im Umlauf befindlichen Stühlen? Da kommen enorme Altlasten auf uns zu.

Mit einem Hinterkopf, knallvoll mit zukunftsorientierten Hintergedanken, fragte ich Jojo Holbein, der einen Teil seines Lebensabends dem Hobby des Drechselns widmet: „Wie alt wird eigentlich ein Stuhl?" Drechselnd fuhr er mich an: „Der kann tausend Jahre halten; der kann 'ne Viertelstunde halten!" Ich hakte gequält nach: „Aber wie lange im Schnitt?" Es war nicht verläßlich rauszukriegen, wie alt Stühle im Schnitt werden. Vermutlich wußte Jojo Holbein es selber nicht. Und die Mutter blickte stumm um den ganzen Stuhl herum und merkte nicht, daß rundherum die Oasen schrumpften und demnächst in diesem platzenden Zimmertheater die äußere mit der inneren Leere bombastisch zu kopulieren vorhat . . . freut euch des Stühlchens, ein Stuhl ward uns geschnitzet aus einer Wurzel zart! Und schon macht meine süße kleine Florinde ihr Bäuerchen! Prost!

Ha! Jetzt weiß ich, wie ich das Dilemma wirksam bekämpfe! Zur Strafe dafür, daß mich die Fülle der sich um sich selber drehenden Stühle und Drehstühle permanent mit Denkzwang und Sachzwängen behelligt, meditiere ich das alles einfach weg! Nicht umsonst hab ich an einem Rahimo-Meditationskurs teilgenommen! Leerwerden, das ist's! Den Andrang lästiger Gedankeninhalte stoppen! Das Gesetz der Serie aufknacken! Gewußt wie! Do it yourself!

Zunächst bestell ich mir im Hermann Bauer Verlag ein Meditationsbänkchen aus Erle, Sitzfläche 47 x 18,5 cm, Höhe ca. 20 cm, 59,90 Euro, Bestellnummer 7492. Durch die schräge Sitzfläche fällt es leicht, anatomisch richtig zu sitzen, ohne sich zu verspannen oder zu verkrampfen. Wozu denn schon wieder sitzen?

„Das Sitzen ermüdet Sie nicht, und Sie können sich ganz auf Ihre Meditation konzentrieren."

Immer nur sitzen und noch mal sitzen! Das will ich ja grad loswerden, das verdammte Sitzen, und heiße es noch so sehr Zazen, das erfahrungsgemäß immer nur wieder alle möglichen Stühle herbeidreht . . . Stühle wegmeditieren will ich und nicht auf Meditationsstühlchen aus Erle rumsitzen, statt unter ungefällter Erleuchtungserle zu sitzen, und ein Sitzkissen will ich auch nicht, Euro 14.-, Bestellnummer 7493: Noch bequemer wird das Sitzen – nein! nicht sitzen! – mit einem Baumwollkissen, gefüllt mit Kapok. Lieferbar in der Farbe magenta. Ich will nicht dauernd an solche Äußerlichkeiten denken, sondern nie wieder an Stühle denken. Dem Drehwurm das Drehen abdrehn. Seine Drehbewegungen ins Leere laufen lassen, die leidvolle Ausformung der Leerheit bzw. die Denkenfaltung des Bewußtseins, ganz im Sinne Nagarjunas, in das Nichtdenken zurückführen, so lange nicht mehr an Drehstühle denken, bis wir alle nie wieder perpetuierlich an Drehstühle denken, zumindest an Drehhocker und Drehfußbänkchen und Drehmeditationsschemel – schon Frau Berninger erzählte uns in der 2. Klasse, daß ein Mensch aus dem 3. Stock fallen könne und gesund wieder aufstehn, und von einer Fußbank fallen und sich das Genick brechen.

Doch was ist eigentlich Kapok? Was Kapilavastu ist, wüßte ich grad noch, und auch Kapimala ist mir durchaus geläufig, der Karmabegriff sowieso, nicht aber Kapok. Andererseits ist es doch z.Z. völlig wurscht, was Kapok ist und wo Kapok überall drin ist. Ich darf mich nicht ablenken lassen vom Wesentlichen, und das lautet: meditativer Rauschmiß aller weiterhin vorhandenen Stühle und aller weiterhin vorhandenen Gesäße, die die weiterhin vorhandenen Stühle am reinen Stuhlsein hindern und ihr reines Sosein und Gedachtsein und Dasein durch weiterhinniges Dabeisein und Vorhandensein besudeln, indem sie breit und schamlos auf allen weiterhin vorhandenen Stühlen liegen und die Ränder der weiterhin vorhandenen Gesäße sogar an den Stuhlplatteneinfassungen der weiterhin vorhandenen Stühle schamlos und breit herunterhängen!

Ruhig werden.

Tief atmen.

Konzentrier dich ganz auf deine Sthula-Sharira . . . was soll das schon wieder sein? Nicht zu verwechseln mit Sutra und Stupa. Auf was für eine Stuhla-soundso? Laßt mich doch endlich zufrieden. Auf alles, nur nicht auf meine Stuhla. Sharira, das kommt aus dem Sanskrit und heißt Leibeshülle, und Stuhla heißt grob. Entgrobe dich. Fühle den tragenden Grund – sag doch gleich Stuhlplatte! Nimm das Stuhla als dein Mantra, als dein Koan – als mein Mantra oder als mein Koan? Das sind immerhin total verschiedene Techniken! Es ist einerlei, es ist alles eins, so oder so.

An dieser Stelle ergibt sich ein meditationsimmanentes Problem. Wie kann ich meditierend leer werden, wenn alle Stühle, die das vorerst noch verzögern, alles andere als unbesetzt sind, kein Wunder bei dieser Überbevölkerung! Ich seh, wohin ich seh, vor lauter Ärschen die Stühle nicht, ich seh in die Ferne, ich seh in der Näh das Sternbild der Truhe, den Wald und den Stuhl. Selbst da vorn in der ersten Reihe liegen Zettel auf den Stühlen, auf denen steht: RESERVIERT, und keiner traut sich drauf zu setzen. Und dort hängen Mantel und Schal auf Lehne und Stuhl, vielleicht kommt keiner, trotzdem: ich kann diese Stühle kaum mit meinem Lieblingstabuwort würdigen, das ich an dieser Stelle, statt es schaudernd auszusprechen, lediglich mit dem Verlegenheitsausdruck „unbesetzter Stuhl“ umkreisen kann. Zwischen freigehaltenen Stühlen und dem unbesetzten Stuhl sind halt Riesenunterschiede.

So um 1976 im Ruhrpott kam ich nachts um elf aus Maurice Ravels „Die spanische Stunde“, stand ohne Unterkunft in ausgestorbener City, bei 16 Grad unter Null. Ich ließ mich anheuern von irgendwelchen Kindern Gottes, die mir in ihren Atemwolken die Bibel erklärten und mich mitnahmen in ihre Gemeinde, dort lag ich dann im überheizten Schlafsaal und nahm fatalistisch an den Seminaren teil, worin vorn an der Tafel ein Typ mit Faconschnitt hochbegeistert mit Zeigestab auf Schemazeichnungen zeigte, auf Body und Mind und Power, in vollbesetztem Saal. Nur ein neu hinzukommender Wahrheitssucher mußte stehn, ein Sitzender bot ihm aus christlicher Nächstenliebe seinen Stuhl an, der Stehende aber winkte – gleichfalls aus christlicher Nächstenliebe –

ab. So standen nun die zwei jungen Männer links und rechts eines unbesetzten Stuhls. Unbesetzte Stühle mein ich aber nicht, wenn ich auf meiner Umlaufbahn mein Ideal vom leeren Stuhl umkreise.

Ein wahrhaft unbesetzter Stuhl ist für mich ein Beinahe-Fernziel, ein Fast-Heiligtum. Vom unbesetzten Stuhl wäre es nur ein Schritt zur Leere des Weltalls. Nur noch die dünnen Umrisse sich auflösender Stuhlbeine stünden zwischen mir und Gott, und alles wäre gut. Je christlicher ich meine Meditation einfärben würde, desto eher würd es mir ergehn wie dem Schneider im Himmel, der sich während einer kurzen Abwesenheit Gottes an Petrus vorbeimogelte.

Voll Neugierde ging der Schneider in allen Winkeln des Himmels herum und besah sich die Gelegenheit, da standen viele und köstliche Stühle, was sonst als Stühle, folglich bin nicht nur ich vom Denken an Drehstühle betroffen, und in der Mitte ein ganz goldener Drehsessel, der mit glänzenden Edelsteinen besetzt war – aha! Doppelmoppel! Er war auch viel höher als die übrigen Drehstühle, hier also vollzieht sich der Übergang vom Plural der Drehstühle zum Stuhl an sich, zum Stuhl der Stühle, den weder Papst noch Drewermann jemals authentisch in den Blick bekommen werden, womöglich nicht einmal der Hüter vor dem Gesetz, der in diesem Fall Petrus heißt; einzig der Schneider und hoffentlich ich sind eventuell prädestiniert, den himmlischen Stuhl zu schauen, und ein goldener Schemel stand davor. Welchselbigen ich übrigens für unnötige Mythologie halte. Ich weiß, eine Maus allein gibt es nicht. Doch Vorsicht! Nicht daß der endlich mit Müh erreichte Singular gleich wieder in Stuhlreihen und Drehstuhlmassen übergeht und untergeht! Ein einzelner Solo-Stuhl muß genügen.

Es war aber der Sessel, auf welchem der Herr saß, wenn er daheim war, und von welchem er alles sehen konnte, was auf Erden geschah. Der Schneider stand still und sah den Sessel eine gute Weile an, denn er gefiel ihm besser als alles andere. Dem kann ich mich nur anschließen. Entweder ist meine Einfühlungsgabe in die psychische Situation dieses Schneiders enorm groß, oder ich bin damals dieser Schneider gewesen . . . der arme Schneider! Wenn der wüßte, was auf ihn zukommt, sobald er Ulrich Holbein heißen wird! Der Drehschemel gefiel ihm besser als alles andere! Sancta simplicitas! Nein, das war schon damals ganz anders: Der Schneider frönte seiner Idée fixe, einer Obsession, er zeigte sich als ein Bornemanscher Stuhlfetischist, der im Stadium Nr. 1 nur zur Befriedigung kommen kann, wenn der Coitus auf einem Stuhl stattfindet, nirgendwo sonst, es sei denn, ein Stuhl wird mit in den plattgerollten Stuhl des Bettes genommen, und in Stadium Nr. 2 hilft auch das nichts mehr; als vollbürtiger Liebespartner wird alsbald nicht mehr Sabine oder Gisela anerkannt, sondern nur noch im rubbelndem Drehbewegungs-Teamwork mit einem unbesetzten Drehstuhl wird der Orgasmus erreicht – ach ja, der Schneider im Himmel, das war nur ein Kinder- und Hausmärchen; möglicherweise muß ich doch auf weniger drollige, meinem Bewußtseinsstand angemessenere Quellen zurückgreifen, z.B. auf die achtundfünfzig schönen, auserlesenen geist- und trostreichen Traktätlein von der güldenen Zeit, an den Tag gegeben in Goslar im Jahre 1622, allwo Stephanus Praetorius berichtet, wie ihm 1596 ein Engel erschienen ist, den er gebeten habe:

„Ach du mein liebes Engelein, du mein zartes Brüderlein, führe mich doch noch einmal in den Saal des hohen Himmels, zu den schönen Kindern Gottes, daß ich ihr Antlitz sehen möge in Gerechtigkeit“.

Dieser Edelknabe sah nun im Himmel alles, was es dort im christlichen Einflußbereich üblicherweise zu sehen gibt, die himmlischen Heerscharen in all ihren Abstufungen und Herrlichkeiten etc. Alles war da, alles-alles komplett beieinander, auch der Güldene Thron ganz wunderherrlich und unsagbar prachtvoll, nur eins war ganz anders als bei all den anderen Mystikern von damals, die sich darin überstürzten, die innigen Begegnungen und Verschmelzungen mit Gott und unserm Herrn Jesus ausgiebig zu schildern . . . auf Gottes Thron saß niemand. Es stand im Himmel bloß ein unbesetzter Drehstuhl herum. Ein leerer Drehstuhl. Ein leerer Stuhl – platsch, nun ist es geschehn. Ich habe mein Lieblingstabuwort ausgesprochen.

Ich habe das Wort „leerer Stuhl“ in den überfüllten Mund genommen.

Nun ist alles aus.

Welch Erleichterung!

Ein einziges, nie mehr aufhörendes Aufatmen!

An dieser Stelle müßte der „Drehwurm Drehstuhl“ gesprengt sein, samt Kontext, und aufhören.

Wieso läuft er dann noch ein Stückchen weiter?

*

Da sprach ich: „Wo ist Gott der Herr, mein allerliebster Vater?“ Wie schön und tröstlich war es doch gewesen, als der Schneider im Himmel vor Gottes leerem Stuhl stund, da war Gott zwar überaus aushäusig, aber objektiv vorhanden, nämlich gleich am Beginn der Geschichte voll präsent, und am Schluß wieder in ungebrochener Majestät tätig, hier aber, im meinem Falle, stieg in meinem Innersten eine fiese Ahnung auf, daß der Engel eine Ausrede benutzen könnte, und tatsächlich, der Engel öffnete seinen Mund und sprach: „Er ist in seinen Kindern." Wie bitte? Das sollte ich glauben?

Nichts gegen Pantheismus, nichts gegen die Tatsache, daß Gott überall ist, z.B. in dieser Petersilie und in diesem 08/15-Drehstuhl, nur nicht auf seinem leeren Thron, doch in diesem Falle war mir klar: Dieser leere Stuhl ist leerer, als jemals ein irdischer, mit Kapok gefüllter Stuhl leer war. Auf irdischen Stühlen findet sich wenigstens noch ein Rest Körperwärme oder ein Gesäßabdruck, hier aber – kein Indiz, kein Molekül, kein Abrieb, nichts. Überschwemmt von dieser Erkenntnis, tat sich in mir eine innere Leere auf. Leerer als jedes Vakuum. Als jedes. Genauso leer wie dieser leere Stuhl.

Und tat sich nicht nur auf, sondern tut sich soeben, in dieser Sekunde, immer noch und weiterhin und immerdar in mir auf und auf und auf, ach, oh, ich platz auseinander vor lauter in sich kreisender, in sich gedrehter Leere, ich zergehe in dieser auseinandergeleierten Leere – o Gott, was nun?

Irgendwas reinstopfen muß ich in diese Ausgeschleudertheit, irgendwas, schnellstmöglich, irgendein Füllsel, nur, was bietet sich da an als geeignetes Material?

Da! Da vorn zeichnen sich Silhouetten ab . . . sieht aus wie solide Materie! Das scheint bereitzustehn für meine Not, assoziativ bereitstehend, Materie aus Holz und Stoff und Stahl . . . ui, wie das wuselt und heranrückt, meterweise und stapelweise und reihenweise, und reinkippt in meine innere Leere – sind das etwa . . . Stühle? Ja, Drehstühle . . .

Da seid ihr ja alle wieder!! Grüßt euch! Schön euch zu sehn! Gut schaut ihr aus! Kippt rein, rutscht rein, und schon kippen und rutschen sie hinein, Legionen vollbesetzter, quer durch den Raum gedrehter Stühle und abgeplatteter Mitdrehgesäße, kippend und rutschend, immer hinein in diesen unbestuhlten Abgrund, und ich werd und werde nicht satt, alle Drehstühle dieser Welt kommen ausufernd herbei, überschwappend . . . und die Leere wird trotzdem nicht kleiner, und ich bestuhl einen holistischen Kosmos nach dem andern, zehn Hohlwelträume und zwanzig Universa im Doppelpack, und es tut sich nichts, und auf ewig muß ich nun an Stühle denken, bei Tag und vor allem im riesigen Raben der Nacht, von Ewigkeit zu Ewigkeit an die vollen Stühle im leeren Raum und Gesamtzusammenhang, und im Halbschlaf an all die Beisitzer, die ich mit meinem Drehstuhldenken irreparabel infizieren werde, und an alle meine Imitatoren, denen es nimmermehr gelingen wird, so pausenlos an Stühle zu denken wie ich, und an alle meine bisherigen und kommenden Töchter, die ich hineinzeugen werde in diese Leere, damit die Zahl der Stühle sich pro Florinde verdoppelt, und damit einer da ist, der die Stühle auffängt, wenn ich abkratz und mein Geheimnis nicht mit ins Grab nehme, sondern draußen weiterkreisen lasse, immer drumherum um alle Drehstühle . . . ihr werdet es erleben, freuen Sie sich drauf, ich gönn es euch, Sie haben sich das selbst eingebrockt, schon dieser Text enthält hochinfektiöses Material, hier kommen Sie nie mehr raus, Langzeitwirkung, es sei denn, ihr seid hochgradig unsensibel, und wer wäre das nicht, in diesem Falle mag es euch auch weiterhin gelingen, in den kommenden Jahrtausenden kaum an Stühle zu denken, statt unausgesetzt und konsequent an Stühle, Stühle und nochmals Drehstühle! Drehstühle . . . Drehstühle . . . ich denke merkwürdig oft an Drehstühle . . .

Vom Wurm zum Mu

Würmer . . . Würmer . . . ich denke merkwürdig oft an Würmer – ich tät lieber an Mu denken.

Statt dessen drehn sich Stunde um Stunde Würmer in mein Denken an Mu hinein, drehen und drehn sich, quer durch meine Gegenbewegung, mit der ich gern gegen den Spiralsog solchen Denkens anschwömme, um alle sich auf mich zudrehenden Würmer aus meinem Denken herauszudrehn, doch siehe: sie drehn sich immer weiter hinein, in mein Denken, all diese Würmer, die sich irgendwann mal durch mein Leben zogen, aber auch jede Menge Würmer, mit denen mich nichts, aber auch nichts verbindet (nichts heißt auf japanisch immerhin: Mu) und die sich trotzdem mitdrehn . . . wie läßt es sich halbwegs abdrehn, mein Denken an all diese Würmer, und wie lassen sich diese Würmer herausdrehn aus meinem Denken, jeden Tag 3 mm heraus, damit nicht deren Köpfchen abreißen und drinbleiben in meinem Denken, um dann den sich windenden Leib sofort nachzubilden wie jene tropischen oder auch subtropischen Fleischwürmer, die sich einfach ins menschliche Antlitz hineinbohren, was die betroffenen Neger und Touristen erst dann merken, wenn nur noch der Schwanz aus der Backe guckt, den man alsdann behutsam um ein Streichholz dreht, um dieses Streichholz dann pro Tag besagte 3 mm um 180 Grad um sich selbst zu drehen, damit besagter, fest im Fleisch verbissener Wurmkopf nicht abreißt und holzbockartig drinbleibt in der geschwollenen Backe, um alldort den sich windenden Wurmleib sofort nachzubilden und ihn reinzuziehen ins Backenfleisch, so schnell wie möglich, ehe das Große Streichholz naht und einfach den gesamten Backenwurm wieder herausdreht aus der Fleischbacke, samt Wurmkopf, der aber meistens – auch wenn man keine 4 mm herauszudrehen versucht, sondern vorsichtig wirklich nur 3 mm pro Tag am Streichholz dreht – drinzubleiben versteht, festverbissen, um sich weiterzuwühlen im warmen weichen backenförmigen Würmerparadies, um alldort die eigene Zerreißprobe zwischen Kopf und Streichholz ungerührt zu überleben: den Kampf zwischen Finsternis und Licht, zwischen dem sich verzweifelt Hineindrehn in die Finsternis der Innenbacke und dem verzweifelten Herausgedrehtwerden, zurück und hinaus ins Licht – Licht an! Alptraum verscheuchen! Kaltes Wasser ins Gesicht! Ins leider tatsächlich merkwürdig verschwollene Gesicht. He! Kein Wasserstrahl kommt hervor, sondern schwer und fleischig hängt ein pitschenackter Wurm ins Waschbecken, bleibt auf halber Höhe hängen, ohne loszulassen, ohne sich zurückzuziehen, wie die lange Zunge auf Paul Strucks Gemälde: „Im Turm der langen Zunge" – Tagesrest meines gestrigen Ausstellungsbesuchs? Gegenwehr einleiten! Küchenmesser greifen! Sankt Georg spielen! Lindwurm bekämpfen! Schwert rein, Blut raus! Doch siehe, meine Hände, die die Lanze schwingen und jetzt diese Zeilen tippen, sind eindeutig Gebilde, denen jeweils fünf längliche wegstrebende Würmer entstreben und seitlich ein kleiner dicker Wurm, der sich – zu meiner Beruhigung – mit dem durchschaubaren Decknamen „Daumen" schmückt; ich soll also Würmer mit Würmern bekämpfen? Kurz: Ich bin ein Fall für Dr. Luschert, auf den ich große, doch leider sofort schrumpfende Hoffnungen setze. Denn bereits das Wort „kurz“ bereitet mir psychische Probleme, erinnert überdeutlich an schrumpfende Würmer, also an Würmer, die zwar den Blick auf Mu freigeben können, die aber immer nur auf einer Seite kürzer werden, um auf der andern Seite umso länger und lebendiger anzuschwellen und vorwärtszukriechen – in summa: auf zu Dr. Luschert! Sondersitzung! Und auf dem Weg dorthin schnell noch neue Dreifachpackungen Streichhölzer kaufen, und dann: Drei-Wochen-Intensivprogramm: Wie Sie sich als ein an Zwangsgedanken und Denkzwängen erkrankter Zwangskranker von Denkzwängen und Zwangsgedanken befreien . . . na endlich!

Erste Woche: Zurückschraubung des Wurmdrehwurms auf Phasen, in denen er noch nichts zu melden hatte: damals in Drückeberg, in denen ich wie Plotin nur an das Eine dachte, statt an Würmer, oder an Rosi, Doro, Iris, Leila, statt an Würmer, ohne daß mir aufgefallen wäre, daß hier wie da ein Längliches als Baumelschlauch amphibischer Blindheit herumhing, haarlose Glätte und Fleischfarbe, schlappe hautverschiebliche Lebendigkeit, und natürlich die durchlaufende Röhre in der Mitte, also entweder meine Harnröhre oder der Wurmdarm, dort der – losgelöst von jedem Mann – im Ozean schwimmende beschnittene Penis namens Eichelwurm – Wollust ward auch diesem Wurm gegeben –, hier der Wurm, der sich zwischen meinen Beinen schmerzfrei festgebissen hat, dessen Hinterende noch ziemlich weit rausguckt und den man per Nudelholz aus mir herausdrehn müßte, pro Tag 5 cm – wo sind die seligen Zeiten, in denen ich Würmer beseitigen konnte, ohne damit verstärktes Nachwachsen auszulösen, gefahrlos an Wasserhähne denken konnte, ohne automatisch hineinzuschliddern, mich einzurollen, einzuwickeln und einzudrehn ins Denken an Pimmel, Backen und Würmer; oder an die Aufknotung meiner gordischen Januskopfweh denken konnte, oder an Blindschleichen und Mäanderläufe, ohne an Würmer zu denken; oder nach Belieben an Würmer, ohne klebenzubleiben an diesem Thema.

Aus unvordenklichen Zeiten summt es urvertraut herauf: „Ich zertrete dich wie einen Wurm!"

Paläontologische Museen werden mir bestätigen, daß der früheste Ur-Ötzi ein Wurm gewesen sein muß. Die Ursuppe brauchte sich beim Herumkriechen bloß für ein Vorn und ein Hinten zu entscheiden, schon spitzte sie sich länglich zu, zum Vorwurm, zum Schlauch, durch den bloß noch – wie beim Fahrradreifen – ein Schlauch gezogen werden mußte. Seitdem lauern Würmer überall, in wechselnden Gestalten aus Fleisch, aus Teig, aus Kunststoff: als Henkel an der Henkeltasse, als Zungenspitze, als Verlängerungsschnur, als Kabelsalat, als Frühlingsrolle und Croissant.

Zweite Woche: Ablenkungsmanöver. Ich kümmere mich um Kultur, statt um Biologie. Musik statt Wurm! Geist statt Wurm! Doch kaum geh ich in „Kabale und Liebe", kommt darin Sekretär Wurm vor. Kaum mach ich die Kiste an, kaum zieh ich mir im Schubert-Jahr die Winterreise rein, singt da einer die Worte: „- fühlst in der Stille deinen Wurm mit heißem Stich sich regen!" Schnell wegzappen! Weit weg! 3sat! Ein seriöses Gesicht stellt sich der Diskussion: Eugen Drewermann, der uns mitteilt, daß der Tod relativieren würde, woran wir uns in unserer Vermessenheit oft wie an eine Garantie der Sicherheit klammern möchten, und daß er eine ruhige

Weisheit schenke, ja sogar eine letzte Beruhigung: wenn die Last der Erde (der wurmdurchwimmelten Erde!) zu schwer würde, gäbe es immer noch die Pforten des Todes, die geheimnisvolle Allmacht der Schlange (die geheimnislose Allmacht der Würmer!), die jederzeit bereit sei, die Rätsel des Geistes zu lösen (und die Rätsel des Wurmes?), die Einsamkeit des Herzens zu enden und die Schmerzen des Körpers zu heilen – also des wurmzernagten Herzens und verwurmten Körpers: auch auf diesem Weg führen mich neuerdings alle Wege, bei aller Ablenkung, ins Land der Würmer. Auch auf abstrakte Höhen lassen sie sich nicht abschieben. Kaum nenne ich jeden Wurm „wirbelloses Tier", schon schwemmt die neue Spiralwindung nicht nur Würmer – also im engeren Sinne klassische Regenwürmer – herbei, sondern auch Dreilapper, Spulwürmer, Manteltiere, Rädertierchen, Amöben.

Dritte Woche: Nicht anrennen gegen das Wurmgedreh! Sondern: dich von vornherein gänzlich hingeben, dich harmonisch mitschlängeln und mitdrehen, dich willig auf mein Denken an Würmer konzentrieren – o Gottogott bzw. o Mu: da quellen sie noch dreimal raumfüllender auf, diese Würmer, zu überaus aufblasbaren Regenwürmern und Wurmlarven, Quesenbandwürmern, Taumelwürmern und Weltwürmern – schwindelig kipp ich zur Seite weg . . . dreh mich und meinen Körperschlauch, diesen Vertikalwurm, drehsuchtbehaftet im Kreis meines Lebenswegs, der sich vor mir und hinter mir als Horizontalwurm schlängelt, als straffgezogene Autobahn, breit und flach ausgewalzt, den Globus nicht nur mytholgisch als Ouroboros, sondern auch reell umgreift, umschlingt, umschnürt, die Backe der Erde durchzweigt, aus ihr vielsträhnig hervorbohrt, in sie hineinwühlt, lichtscheu, kartoffelkeimfarben, fleischfarben oder gelblich wie die am Drehstuhl runterhängenden Musculus-glutäus-maximus-Wülste des Oberbonzen Pi Pa Po – statt sich an ihr Terrain zu halten, an die Welt der Liebe und des Todes bzw. der Humusproduktion im weitesten Sinne, sind Würmer überall und allerorten präsent bis omnipräsent.

Vierte Woche: Ich versuche, statt an Würmer, an Mu zu denken. Doch fühlt sich Mu im Moment so farblos an, so übertönt und rundum überkrochen von Würmern, die sich gnadenlos weiterdrehn, voll aufdrehn, jedes abwesende Mu weit wegschieben. Wenn ich erhöhet werde von der Erde, alle Würmer will ich nach mir ziehn. So sehr sie sich auch verbiegen: jeder Wurm will hinauf ins Mu. Nur zieht bis dato keiner mit. Sobald es mir gelänge, alle Würmer, auf meinem Meditationsbänkchen aus Erle, Sitzfläche 47 x 18,5 cm, effektiv wegzumeditieren, den Wurmhahn abzudrehn, alle Drehbewegungen ins Leere laufen zu lassen, Nagarjunas leidvolle Ausformung des Shunyata-Begriffs bzw. die Denkentfaltung des Bewußtseins, in das Nichtdenken zurückzuführen, könnte Mu endlich hervorbrechen und ich endlich . . . aufatmen! Eine Wurmproduktions-Umverteilung des gesamten Weltalls – und ein neues Weltall!

Nur dein Ich regt sich über Würmer auf. Sobald du hundertprozentig in Mu aufgehst, wenn du Mu wärst, Mu statt du, wer sollte derweilen an deiner Stelle über Würmer lamentieren, statt Mu zu meditieren?

Murmele Mu, statt „Buh!“ zu rufen!
Klammere dich – hartnäckiger als Pluto an seinen
Knochen – an Mu.
Kreise um mu-umkreisende Fangfragen:
Wo siehst du Mu?
Wie alt ist Mu?
Wieviel wiegt Mu?
Hier ist Mu, da ist Mu – nur Mu.
Such dir ein Ding, das zunächst nicht Mu zu sein scheint.
Guck einfach dieses Baumwollkissen an, und du
wirst spüren – Mu.
Nenne Luschert, deinen Dölidel-Joker, Lu. Nenne Lu – Mu.
Sabi-wabi schillert zwischen Mu und Un-Mu.
Un-Mu schillert zwischen Mu und Mu.
Mu schillert zwischen mu und MU,
sowie zwischen MU und mu.
Wenn du im Mu wohnst, lötest nicht länger mehr du.
Sondern Mu lötet.
Nicht du frühstückst mit Glatze. Sondern Mu frühstückt mit Mu.
Wenn du diesen Fleischwolf da und daneben dich anguckst und
ein amorphes Metall-Mu und Fleisch-Mu erblickst, dann bist du
nicht weit von Mu.
Betrachte selbst ein Schaf als amorphes Woll-Mu.
Höre sein Mäh als Mu.
Sei nicht Wurm, sei Mu. Sei Wurm, also Mu.

Murmele leis.		Murmele Mu.
Werde ruhig.		Werde Mu.
Atme tief.	Mu.	Atme Mu.

Nicht du siehst vor lauter Mu kein Mu.
Sondern vor lauter Mu sieht Mu vor lauter Mu kein Mu.
Mute dir noch mehr Mu zu.

Mute Mu Mu zu – und sei Mu nur so kurz wie das
Wort Mu oder Wu oder Nu.

Dehne Mu – ziehe Mu lang – Muuuuuuuu – noch
länger.

Dein Atemstrom setzt der Mu-Dehnung ihre
natürliche Grenze.

Beim Einatmen besteht Gefahr, daß du – statt Mu –
mu-ferne Fremdkörper einatmest.

Links von Mu und rechts von Mu und über Mu und unter Mu schleichen sie sich ein und wissen zunächst nicht, daß auch sie Mu sind. Atme Mu aus, ohne Ping und Pong einzuatmen statt Mu, und Hin und Her statt Mu, und Ein und Aus statt Mu, und Zick und Zack, statt Mu, und Mu und Wurm, deren Dualität du im Hinblick auf Mu entkommen wolltest.

Dehne dein Mu.

Dehne dein Mu so lang wie einen Wurm.

Dehne dein Mu so lang wie den Wurm Mu.

Keine Angst – Wurm Mu ist reißfest.

Vom Wurm zum Mu sind es nur 3 mm.

Entfern dich auch nicht um die Dicke des dünnsten Wurms von Mu. Wenn du Mu im Schlaf nicht verlieren willst, bleibe wach, um bei Mu zu bleiben, bei und um und in Mu. Nirgendwo Attribute, Indizien, Moleküle, kein Abdruck, kein Abrieb, nichts, eben Mu. Überschwemmt von Mu, tauchst und atmest du auf in Mu, ertrinkst in Mu, muhst in Mu. Mu tut und tut sich auf, auf und auf und auf, platze auseinander vor lauter in sich kreisendem, in sich gedrehtem Mu, zergehe in diesem auseinandergeleierten Mu . . . versinke im Mu, bis für kein anderes Wort mehr Platz bleibt, nicht einmal für das Wort Mu.

Und halte Mu nicht fest, sonst entwischt dir Mu.

Zum Glück ist Mu viel weniger zweisilbig als Lu-schert oder Za-hir, dennoch aber, in seiner monosyllabischen Mualität, immer noch ziemlich dualistisch angelegt, alles andere als ein Urbaustein: wie A-tom, in welchem immerhin Om steckt, gibt es Übergangszonen, in denen das Mu des Mu noch nicht im u des Mu angekommen sein kann, also ebenfalls eine gewisse Zweiheit bildet, eine gewisse Grundspannung zwischen Konsonant und Vokal.

Andererseits: Wär ich wirklich definitiv im Mu angekommen und sähe nur noch Mu und spürte nur noch Mu und wäre nur noch Mu und murmelte nur noch Mu, dann hätte ich am Scheideweg gleich ein unmutiertes Mu-Tier namens Muhkuh bleiben können, die ohne Zen-Buddhismus a priori am höchsten Ziel, der Verschmelzung mit Mu, angekommen ist, ohne je geübt zu haben. Sitzend im Mu, möcht ich das Mu irgendwie auffächern in das ebenfalls japanische Ku, das auf Pali Sunnata heißt, und auf Sanskrit, derweilen Mu auf Chinesisch Wu heißt . . . und weiter auffalten und auffächern möcht ich mein auf der Stelle tretendes Mu bzw. Wu in Pu und Mü, Mucks und Muck und Muffel, Mufti, Muschi und Luschi und Luschert, Klänge hervorziehn aus dumpf und dumpfer unkendem Mu, Mumpitz, Mutationen, Multimedia, Multatuli und Mutabilität, alles, nur kein Mu, schnellstmöglich, stapelweise Füllsel, Klangfarben, Farbklänge, Kolophonium, Sordino, Famagusta, Flautando, Pfauenaugen, Altweibersommer in Drückeberg, Zuckerwatte, alles rausdrehn aus diesem unerschöpflichen Mu, mit Mega-Göpelwerk herausdrehn, hervorleiern, dem Milchmeer entquirlen, Eimer um Eimer um Eimer, 300 m pro Sekunde, goldene Eimer, polychrome Eimer, ambrosische Eimer, Ziehpferde, muselmanische Ziehkamele, Derwische, Falter Walter, Königskobras als Treibriemen, solide Materie! Aus Sandelholz und Traumstoff und Edelstahl . . . ui, wie das wuselt und heranrückt, meterweise und knäuelweise und bandsalatweise, hervorgestülpt aus gärendem Mu – da seid ihr ja alle wieder!! Grüßt euch! Schön euch zu sehn! Gut schaut ihr aus! Kippt mir entgegen, rutscht in mich rein, Haut an Haut und Fleisch an Fleisch und Mu an Mu, und schon kippen und rutschen sie hinein in mich, Legionen vollbesetzter, quer durch den Raum gedrehter Wurmfiguren, Wurmpersonen, Wurmgötter, Wurmlandschaften, Wurmwolken, Wurmbegriffe, Wurmsysteme, voll abgeplatteter Mitläufer und Mitkriecher, kippend und rutschend, sich verdünnend, sich verlängernd, sich verdickend, sich verkürzend, immer hinein in diesen weiträumigen Busen meines Abgrunds, Fariduddins Meer der Seele, und ich werd und werde nicht satt, verdurste ertrinkend, ersticke pustend, löte flötend, alle Vollglatzen, Schwingkreise, Drehhocker, Drehmeißel, Drillbohrer, Saftflecken, Flußmittel, Drehwurmsorten dieser Welt kommen ausufernd herbei, überschwappend . . . und Mu geht trotzdem nicht zur Neige, und ich bewürmele einen holistischen Kosmos nach dem andern, dreizehn Einwegspiralen, Mehrzweckspiralen, Wegwerfspiralen, dreißigtausend Universa im Doppelpack (schwarz), und es tut sich nichts, und auf ewig muß ich nun an Klapperschlangen denken, bei Tag und vor allem im riesigen Raben der Nacht, von Ewigkeit zu Ewigkeit an vollgefressene Anakondas im leeren Raum und Halbschlaf und klappernden Gesamtzusammenhang, und an alle meine Epipigonen und Antipopoden, denen es nimmermehr gelingen wird, so pausenlos an Schlangen zu denken wie ich, und an alle meine bisherigen und kommenden Erltöchter, die ich hineinzeugen werde in dieses Doppel-Mu-

Wu, auf daß die Zahl der Warteschlangen sich pro Florinde verdoppele, und daß einer da ist, der die Schlangen auffängt, wenn ich abkratz und mein Geheimnis nicht mitnehme in die Drückeberger Gruft, sondern draußen weiterkreisen lasse, immer drumherum um alle Drehbühnen, Dreschmaschinen, Dreiphasenbomber, Drehkondensatoren, Drehspulinstrumente, Drehflügelpumpen – ihr werdet es erleben, freuen Sie sich drauf, ich gönn es euch ... Sie haben sich das selbst eingebrockt; schon dieser Text enthält hochinfektiöses Material; hier kommen Sie nie mehr raus – Langzeitwirkung! Umsonst werden Sie sich dem Drei-Wochen-Intensiv-Programm an den Busen schmeißen! Umsonst werden Sie sich Clomiopramin, Anafranil, Fluoxetin, Fluvoxamin, Diazepam, Alprazolam und Tofranil reinpfriemeln! Es sei denn, Sie sind a priori hochgradig unsensibel, und wer wäre das nicht, in diesem Falle mag es Ihnen auch weiterhin gelingen, in den kommenden Äonen und Kalpas kaum an Serpentinen zu denken, statt unausgesetzt und konsequent an Schlangen, sogar an Königskobras, also an Schlangen, Schlangen und nochmals Schlangen! Schlangen ... Schlangen ... ich denke merkwürdig oft an Schlangen ...

Inhalt